石を訪ねて三千里

落山泰彦

澪標

石人像（重要文化財）高さ170cm 東京国立博物館蔵

亀形石造物

石人像（レプリカ） 明日香村

定林寺趾　現在屋内にある石仏

定林寺趾　屋外にあった頃の石仏

定林寺趾　五層石塔

かって百済王宮の庭にあった 石槽

落花岩より身を投じる官女たち（皇蘭寺蔵）

落花岩

慶州を訪ねて

仏国寺　多宝塔

仏国寺

慶州を訪ねて

仏国寺　釈迦塔

瞻星台（チョムソンデ）

北京の旅

頤和園　石舫（せきぼう）二景

天壇公園　祈念殿

円明園遺跡

拙政園

留園　冠雲峰と筆者

留園　大湖石

蘇州ぶらり旅

盤門（ばんもん）と石橋の絵

宝帯橋（ほうたいきょう）

河北省　石家荘

天下第一橋　趙州橋（ちょうしゅうきょう）

大里古城を訪ねて

藍染の店にて

崇聖寺（すうせいじ）塔の前にて　白族の美人と

「単騎千里を走る」映画パンフレット

玉龍雪山を訪ねて

玉龍雪山の雄姿
（空を飛ぶ銀色の龍の姿に似ている）

チベット族の娘さん

西山 / 龍門

龍門石窟二景

神秘の世界　石林

石林

サニ族の女性

仙境の世界　武陵源

旅仲間

左が 326m の屋外エレベーター

黄山（写真は江根华）

飛来石

縄文人の技術と心

公益財団法人
辰馬考古資料館

土偶

勾玉

石棒

漁具

耳飾

石匙（せきひ）

印刻石・謎の神代文字（写真　幸山正人）

安閑神社

芦屋市内 若宮街かどひろば

手水鉢（ちょうずばち）（右角）

石の身と皮

くつぬぎ石と石臼

石を訪ねて三千里　目次

VI　広い中国石の世界を訪ねて

VII　石の民話を訪ねて

VIII　人間の生活と石

装幀　森本良成

はじめに

「母を尋ねて三千里」という名作があるが、私は「石を訪ねて三千里」の旅をすることになった。

観光スポットは通り一辺の見学でも楽しいが、歴史上の真実や伝説、さらに文化知識などもあれば、もっとよい旅ができると思うようになった。その一つに大昔よりある石を訪ねるのも面白いと、ある時気づいた。古い不死身の石を見ることによって、その国その地方の歴史がよみとれるからだ。

「石語り人語り」を書いていて、この話はなかなか語りつくせないと思った。

前著の『石語り人語り—石や岩の奇談をめぐって』は大勢の読者にあたたかく見守られて、全国あちこちへと一人歩きをしていった。姉妹本になる本著は二番煎じにならないように、新しい視点に立って石を見つめた旅物語にしたいと思った。

ここでも石と岩とを区別せず、さらに石の世界を拡げて、古墳や石林、石柱、奇岩を含めて書き進めていった。古代より人間の生活に関わってきた石の道具や、石橋、石舫《せきぼう》などの石造建築物、そして石庭をも含めて、私が今までに旅で観てきて感動したことを書き進めていった。

民話等の一部は文章にやさしさを出すため「ですます調」で書いており、敢えて「である調」で全文統一していないのでご承知おき願いたい。

古代の石の文化財は誰が何の目的で造ったか、学者たちによっていろいろと議論が尽くされてきたが、それはそれとして、私の考えも若干入れることにした。その他にもいろいろな話の中で学者の通説以外に、勘違いのことを書いているかも知れないが、目くじらを立てないで興味本位に読んで頂ければ幸いである。

この著作は少しばかり、石に取りつかれた男の石見物の回想記でもある。又、石の世界に人間の魂が入っていった民話や創作の幻想小説「石になった男」も入れている。

さあ、前置きはこれくらいにして、そろそろ旅に出てみよう。

I

奈良飛鳥《あすか》を歩く

（一）「まほろば」の旅

飛鳥は春の訪れを菜の花が知らせ、やがて、つつじ桃が咲きほこり、初夏の訪れを清楚な笹百合が芳香とともに知らせ、山の木や草も芳《かぐわ》しく匂う。秋には畦道《あぜみち》一面を彼岸花の絨毯《じゅうたん》が敷きつめる。冬はしーんとして古代人が里見に帰ってきているような幻想さえおぼえる。

日本はどちらかというと木の文化で、お隣の朝鮮半島は石の文化だ。ところが飛鳥には石の文化が色濃く残っている。飛鳥は明日香とも書き、飛ぶ鳥の如く、明るい日射しに花の香りが漂っていて何だか心が浮き浮きしてくる。遠い昔、この地に渡来人が多くやってきて、彼等が持ってきた石文化をこの地で咲かせたことは充分に考えられる。

なら（奈良）の言葉にしても、お隣の国に由来してくに（国）の語源になっている。彼の地の若い人たちと談笑していると、「우리나라도겉이여」（ウリナラトカティヨ）「私たちの国でも同じですよ」と口をついて出てくる。それほど日本と韓国は類似性の物事、風俗習慣が多いことに気づく。例えばジャンケンポンはカウィ・パウィ・ボ（鋏《はさみ》、岩、風呂敷）であ

る。石が岩になっているが、この国でも石と岩ははっきりと区別していない。紙が風呂敷になっているのが面白い。又、家を出る時、帰ってきた時の言葉「行ってきます」「ただ今」(「タニヨオゲッスムニダ」「タニョワッスムニダ」)もウリナラトカティヨである。

言葉の語順にしても朝鮮語やモンゴル語、そして遠くの国のウイグル語、トルコ語も日本語と同じである。言語学ではウラル・アルタイ語系に属するといわれている。

飛鳥の地は『古事記』に記された神話の世界でもあり、『万葉集』に数多く詠まれている地でもある。四季移ろいの悦びの歌や飛鳥礼賛の歌等があり、飛鳥を学ぶことは、奥行きがかなり広い。

近い将来「世界文化遺産」登録の日も近いことだし、「まほろば」の旅を皆さんに推奨してやまない。

（二）甘樫丘《あまかしのおか》に登る

甘樫は甘檮、甘橿とも書かれる。飛鳥の里を一望するのにはこの丘に登るのが一番よい。登ると言っても標高148mの小高い丘だ。飛鳥時代にはこの丘に時の権力者、蘇我蝦夷《そがのえみし》※、入鹿《いるか》の親子が豪壮な邸宅を構えていたという。ここからは畝傍《うねび》山、耳成《みみなし》山、天香久《あめのかぐ》山の大和三山をはじめ、剣《つるぎ》池や飛鳥川も見え、あちこちに小さな集落が点在しているのが見渡せる。そのさりげない風景の中に日本歴史の黎明期、激動期の7世紀が埋めつくされている。

と言っても国宝や重要文化財は少なく、謎めいた歴史のロマンチシズムが漂っているだけの地だ。

歴史を顧みると、日本・百済連合軍は唐・新羅連合軍に663年に敗れた。（白村江《はくすきのえ》の戦い）百済の亡民が大挙して日本にやってきて大半は滋賀の蒲生野《がもうの》に土地を与えられた。貴族や仏師、石工、大工などの技能者は都・飛鳥に住んだであろう。その面影が多少は飛鳥に反映されている。

大化の改新は大化元年（６４５）夏、中大兄皇子（のちの天智天皇）を中心に中臣鎌足（藤原鎌足）ら革新的な朝廷豪族が蘇我大臣家を滅ぼして古代政治を大改革した。

大化は孝徳天皇朝の年号で公的に採用された年号としてはわが国最初のものとなった。その後も天皇が替わる毎に年号が定められ、本年（２０１９）５月１日に令和元年となった。

「飛鳥」とよばれる奈良県高市《たかいち》市明日香村には興味のある史跡が数多い。この地は昔は低湿地で、州のあるところを「州処《すか》」とよんでいたが、「あ」の接頭語がついて「あすか」になったと古代史研究の学者はいっている。低湿地に目をつけた蘇我氏が飛鳥に本拠を移した。やがて王宮も飛鳥に営まれるようになった。この地には法興《ほうこう》寺という日本で最初の大寺院が置かれていた。蘇我入鹿や聖徳太子の手で建てられていたが、中世に落雷によって焼けてし

蘇我蝦夷

①蘇我馬子の子で、母は物部守屋の妹・太媛。

②飛鳥時代の政治家・貴族。大臣として権勢を振るう。

③子・入鹿は山背大兄王《やましろのおおえのおう》を襲って一家を自殺に追いこんだ。天皇の前で入鹿が殺害されると蝦夷は邸宅に火をかけ自害した。（乙巳の変）

まった。発掘調査によると塔の心礎や馬具や鎧《よろい》も出土し、その広さは法隆寺の約三倍あったという。

現在ある飛鳥寺の位置に法興寺はあった。因に飛鳥寺には「飛鳥大仏」の名で親しまれている止利仏師の作とされる推古朝の釈迦如来像がある。

（三）天の香久山と月の誕生石

大和にはたくさんの山があるが、中でも形が整い優れた山は香久山（香具山）である。香久山はゆったりと横に伏したような地形で、天から降ってきた香しい山とされ、古代人に崇められてきた。天の香久山の天はあめと読んだりあまと読んだりしている。

万葉集に次の歌がある。

久方の天《あめ》の香具山この夕《ゆふべ》
霞たなびく春立つらしも

柿本人麻呂
万葉集巻十の一八一二

春過ぎて夏来《きた》るらし白妙の
衣《ころも》乾《ほ》したり天の香具山

持統女帝
万葉集巻一の二八

そして国見台跡に舒明《じょめい》天皇の歌碑がある。

大和には群山《むらやま》あれど
とりよろふ天の香具山
登り立ち国見をすれば
国原は煙《けぶり》立ち立つ
海原《うなはら》は鷗《かまめ》立ち立つ
うまし国ぞ蜻島《あきづしま》　大和の国は

万葉集巻一の二

天皇の心満ちたりた日の喜びが、躍動するリズムとなって伝わってくる大らかな歌である。

飛鳥は血腥《ちなまぐさ》い出来事もあったが、このような平穏無事の日々もあったことが、この頌歌《しょうか》より伺い知ることができる。

犬養孝の『万葉十二ヵ月』（※参考図書一覧）をひもとくと「甘樫丘の記」の項でこんなエピソードが語られている。

昭和54年（1979）12月に昭和天皇・皇后両陛下の大和路行幸啓があって、万葉飛鳥について犬養孝が朗唱も加えてお話を申しあげられた時のことである。

〝海原は鷗立ち立つ〟の実体験の感動を飛鳥の村人に話された時のことだ。「丘の西方に和田池がありユリカモメが群がっている」と。

「それは大変だ。あそこは養魚場がある。すぐに追っぱらわねば」といって飛んで帰ったという話である。

生物学者であられる陛下はおもしろそうにうなずいておられた様子であった、と書かれている。

天の香久山には神秘的な石があちこちにある。湯笹《ゆざさ》の社《やしろ》からわずかに入った所は、もう神話の世界である。

倭《やまと》は
國の真秀《まほ》ろば
たたなづく
青垣
山籠《ごも》れる
倭し麗《うるは》し

（古事記）

「倭（大和）は国中《くんなか》でもっともすばらしい土地だ。
青々とした垣根のように重なりあった山々が取り囲む。麗《うるわ》しい我が故郷よ」

※倭健命《やまとたけるのみこと》が東国遠征の途中で故郷を偲んだ歌。

天岩戸神社には三つの大石を組んで造られている「天岩戸」なる石がある。斧でまっ二つに断ち割られたような岩が30㎝ほどの隙間をあけて、前面に並んでいる。その上方に、一枚の岩が蓋《ふた》をする形で突き出ていた。石槨《せっかく》の一部ではないかと思うが、この地では神話の世界に入ってゆかねばならないところなのだ。

「天岩戸」なる石の他に「蛇つなぎ石」「甥っ子石」「月の誕生石」「七つ岩」「鎌とぎ石」等がある。蛇つなぎ石は雨乞いの神事に関わったらしい。甥っ子石等は神話に関係しているらしいが遠い昔のこととてはっきりしない。

月の誕生石と呼ばれる巨石は、長さ6・5m幅3・5m高さ1・5mもある花崗岩である。形はあたかも妊婦が腹帯をして横たわっているようだ。上端、胸の辺りに黒石の小さな斑点があるが、これは月の足跡《あしあと》といわれ、お腹の返りの大きな黒色斑点は月が使った産湯の跡といわれ、古くから信仰の対象になっていた。

この石には次のような民話がある。

お月さんが産《う》まれた石

昔昔、うーんと遠い昔、香久山の北にもう一つ小さな山がありました。その山のてっぺんに、一《ひと》かかえするほどの丸みをおびたとても美しい石がありました。

子どもたちが、この石の上で遊んでいると何だか石が少しずつ大きくなっていくように思えました。

人間の肌《はだ》のような温《ぬく》もりを残し、夕焼けのように輝いていたそうです。

やがて、この石はお腹《なか》のあたりに白い帯《おび》のようなものが浮きでてきました。

「うちのお母ちゃんの腹帯とそっくりだよ」

「へえー、そしたらきっとこの石に赤ちゃんが産まれるんだよ」

「どんな赤ちゃんが産まれるんだろう？　早く見たいもんだね」

子どもたちの心はうきうき。早く産まれよ石の赤ちゃんと首を長くして待っていたそうな。

やがて石のお腹まわりがグッと突き出して、何だかとても苦しそうです。


それから二、三日たってお月さまがでていない夜のことでした。山の方から里にも聞こえるような大きな泣き声「オギャーオギャー」の元気な産声《うぶごえ》が聞こえてきました。みんなはあわてて外へ飛び出しました。大人も子どもも「やったあ、やったあ」と大さわぎをしています。その時です。

山の空がパッと明るくなったと思いきや、丸いお月さんが顔を出してきました。

「石の赤ちゃんが産まれたんだぞ！」とみんなは大喜びでした。


あくる朝、みんなでこの石を見に行くと、何だかお腹が小さくなったようで、赤ちゃんの足跡が陰のように残っていましたとさ。

ここで天の香久山の「月の誕生石」を守ろうと肝に命じ努力されていた方を紹介しよう。月の誕生石は平成10年（１９９８）９月22日の猛烈な台風17号によって巨石は倒木で埋もれ見るも無残な有様になってしまった。

私の友人、大津市在住の西田俊夫氏の勤務先（旧国鉄・現ＪＲ西日本）の先輩、故・辻本達氏がこの事を「悠友橿原」〈平成22年（２０１０）１月発行〉に次のように書いておられる。

〝「何とかせねば！」と発奮、家内と共に鋸《のこぎり》や鎌を引っさげ、片付けに馳せ参じたのでありますが、作業は遅々としてはかどらず、思案に明け暮れておったのであります。

そんなある日偶然にも篤志家《とくしか》が現われたのであります。

「私にも手伝わせて下さい」と（後で聞けば天理市にお住いの建築家Ｎ氏と分かりました）。早速電気鋸など持参していただいたため、わずか五日で片付けてもらったのであります。「誕生石には神が宿る！」と聞いておりましたが、これ正に神のご加護によるものと、感涙にむせんだ次第です。〟

「月の誕生石」には後日談もある。

大きな台風が過ぎ去った数年後のこと。辻本氏がこの石のあたりを掃除していると、一匹の犬が現われ、月の誕生石の胸の辺りにチョコンと座りこみ動こうとせず、彼をじっと眺めていたという。帰りかけたところ付きまとって離れないので、やむを得ず自転車の前籠に入れ家に連れて帰られた。

それから五日程かけあちこち飼主をさがされたが音沙汰はなく、家族会議の結果保健所の許可をえて、辻本家の一員と認め飼うことになった。いつも香久山散策には喜んで同行していたが、ある日散策中に草むらで毒蛇・蝮《まむし》に噛まれ、以後入退院を繰り返し翌年に短い生涯を閉じたと述べられている。

この犬「月よりの使者」いや、「月よりの使犬」だったのではなかろうかと私は想像をたくましくした。

辻本氏はJR退職後、藤原京に行く途中あたりで「万葉の店・香具山」とよぶ小さな土産物屋を営んでおられた。その店には香久山の案内図や写真入りの案内書をおいておられ、香久山を訪ねてくる人にいろいろとアドバイスをしておられた。

山口毅氏は大和の人で辻本氏とこの店で知り合い、親しくしておられた。『別冊關學文藝』

第五号に「大和三山に登る　その一　香久山に登る」と題してエッセイを書いておられる。神話をよく勉強され中々の力作であった。この文芸誌、年二回発行だからおよそ25年前の話である。

私は遅まきながら、この母校のＯＢやＯＧたちの文芸誌第五十六号と五十七号に「石や岩の奇談」と題して投稿した。石や岩に興味をもっている私に西田俊夫氏が参考にして下さいといって資料一式を送ってくれた。この項はそれを参考にして書き進めた。

（四）謎の石造物たち

猿石と亀石

猿石と亀石はユーモラスな感じがして何故か見る人の気持ちをやわらげてくれる。現在猿石は吉備姫王《きびつひめのみこ》の墓に4体と高取城跡手前の登山道の所に一体がある。飛鳥資料館の元・学芸室長・猪熊《いのくま》兼勝先生の話をきくと、「亀石も含めて南西に位置する陸墓域の中に置かれたものではないか」と話されていた。

終戦後、進駐軍に持ち去られないように村人が土中に埋めたが、妊婦の難産や伝染病が続いたので、再び掘り出し供養したという。最近の説として、7世紀に大陸から伝わった「伎《ぎ》楽《がく》」※の面や踊りを表現したものではないかといわれている。

代表的な亀石の大きさは長さ4ｍぐらい、幅と高さ2ｍぐらいの自然石に小さな亀のような顔が彫刻されている。

この亀の眼の表情は人をひきつけてくるものがある。

亀石に伝説がある。大和盆地が湖だった頃、対岸の當麻《たいま》と飛鳥側の川原の間に争いが起こった。當麻の主は蛇で川原の主は鯰。負けた川原は湖の水を當麻に取られてしまい、沢山の亀が死んでしまった。哀れに思った村人がのちに供養のため亀を形どった石をこの地に置いた。亀が西を向き當麻をにらむと大和は再び争いが起き泥沼になると伝えられている。

亀石

本来は亀石をつくって所領地の境界を示す道標を示したという説が有力である。

二面石

猿石と亀石と同じ仲間と見られるものに橘寺の二面石がある。私がこの石の彫刻を見に行

伎楽　面をかぶり音楽に合わせて演ずる、古代の舞踊劇。インド・チベットに起こり、わが国には百済から伝わった。

った時、秋晴れの行楽日和で赤、白、黄の彼岸花がこの石の近くで咲きほこり、珍しい物を二つ一度に見れたと思った。

ガイドの話を聞くと、この二面石、岡本太郎の「太陽の塔」の顔のヒントになっていると話されていた。

この石は近世になって橘寺の付近から運ばれたと言われているから聖徳太子の創建されたこの寺とは関係がないと言える。

二面石は高さ1mぐらいあり、善と悪の二面を持ったユーモラスな顔である。

善神と悪神の二元論的構造をもつ宗教に拝火教（ゾロアスター教・中国では祆教《けんきょう》とよぶ）がある。このような宗教が古代の日本にもあったという証しだろうか。

鬼の俎《まないた》・雪隠《せっちん》

こんな伝説を里人たちは言い伝えてきた。

小さな丘の上に鬼の俎があり、道を隔てた畑の中に雪隠（便所）がある。道に迷った旅人を鬼が俎で料理して食べ、下の雪隠で用を足していた。

鬼の俎・雪隠は実際には、古墳の石室で俎が底石で、雪隠はひっくり返った蓋《ふた》ということになっている。

酒船石《さかふねいし》

酒船石は古くから酒や油を搾る道具だとか、薬をつくる道具であると言われてきた。

この酒船石遺跡の亀形石は2000年に出土している。その後、この石の近くで貯水池らしき遺跡が見つかり、導水施設の一部であるという説になっている。女帝・斉明天皇（在位655～661年）が執り行なった水の祭祀《さいし》場と推測されている。（口絵参照　亀形石造物）

本年平成31年（2019）4月27日の朝刊各紙によると、大阪・四天王寺にある亀形石造物は、明日香村の酒船石遺跡で出土した亀形石造物と同じ構造であると判明した。

4月26日に発表した元興寺文化財研究所の佐藤亜聖主任研究員（考古学）の話によると、四天王寺の亀形石は石材が古墳時代の石棺に用いられた凝灰岩「竜山石」で7世紀に畿内で用いられたこと、水槽を連結した祭祀は8世紀には見られないことなどから7世紀と判断した。

亀形石に流れていた水は神聖と見なされ、平安時代の歴史物語「栄花物語《えいが》」に書かれている。1023年に出家していた藤原道長が四天王寺に参詣し「亀井の水に御手を清ました」と記されている。

韓国の慶州にも新羅の代表的庭園「雁鴨池《がんおうち》」(7世紀後半)に石の水槽をつなげた庭園があり関連が指摘されている。

令和元年(2019)8月8日。飛鳥京・苑池《えんち》北池に石敷きの流水施設の遺構が見つかったと橿原考古学研究所が発表した。国内初の本格庭園と位置づけられる7世紀の飛鳥京跡苑池の発掘調査で湧《わ》き水が出る場所で人為的に水を流した施設だという。

南北二つの池で構成される苑池は従来、主に観賞用と考えられてきたが、南は観賞用で北は天皇が身を清めるみそぎなど祭祀《さいし》に深く関係したとみられる。悪霊がとりつくのをはらう祭祀だったのではと推測する学者もいる。

この北池の東約400mに近接するところに酒船石遺跡があり、明日香村教委の相原嘉之文化財課長は次のように語っている。

「酒船石は大がかりに石を積み、天皇の重要なまつりが行なわれ、苑池はやや格下のまつりが行なわれたのではなかろうか」と推定している。

須弥山像《しゅみせんぞう》・石人像

須弥山と石人は明治35年（1902）から翌36年に飛鳥の石人遺跡で発掘された。かつては庭園に置かれ、人々の目を随分と楽しませたものだったろう。須弥山とは仏教世界において世界の中心にそびえる山である。

現在3石が遺存しているが、文様《もんよう》と内部のつながり具合から元は第一石と第二石の間にもう一つ石があったと考えられ4個を積み上げると高さ3・4mに復元できる。もう一つの石は土中で人間の目にふれる日を心待ちしているにちがいない。

『日本書紀』に登場する「須弥山像」にあたることに疑いなく、第一石の下に穿たれた細い円孔を通じて、内部に水溜めの第一石の隙間にある小穴から水が噴き出す構造で、石人像と同じ噴水施設である。

一方の石人像は花崗岩一石に異国風の顔立ちと衣服をまとう男女が寄り添う姿を表現している。

翁の足の下から穿たれた細い孔は途中からY字形にわかれ、翁が口にする大きな杯や老女の口にも通じている。

地下に埋設した管を通じて口や杯から水があふれる噴水施設である。

飛鳥資料館に石人像のレプリカが置かれている。実物は東京国立博物館に保管されている。

（※口絵参照　石人像の実物とレプリカ）

この須弥山像・石人像は間違いなく噴水施設であるが、果たして何処の国の人によって造られたかが謎である。私として今の済州島で古代から中世にかけて存在した耽羅《たんら》国の人でなかろうかと推察している。島に残るトルハルバンの像の顔の表情、帽子らしきものも含めて何処か似かよったものがあると想像をたくましくして考えた。

学説としては古代ペルシャとの関係が指摘されている。古代ペルシャと言えば拝火教（ゾロアスター教）で中国では祆教《けんきょう》である。善神と悪神の二元論的構造をもつ宗教で、イスラム教の興隆とともに衰微した。そのような見方をすれば橘寺にある二面石のようにこの石人像も善と悪の二面を持つユーモラスな神の男女を表しているかもしれない。そうすると油をたれ流し、火をつけ、火を神格する儀式と関連があるのか、ないのか、憶測はつきない。

翁は両足をそろえて前にたらし、靴のようなものをはき、その両手は胸元にそえている。

老女は翁におぶさるようにすがり、両手は翁の二の腕に置き右手の方を見ている。二人とも下がり気味の大きな目と鉤鼻が特徴的であり西域の人を彷彿とさせる。

『日本書紀』にいうトカラ（都貨羅・吐火羅）人であろうか。

トカラは西域の国家で唐時代の「玄奘西游」の地図にその地名がある。この国家は7世紀にアラブ軍に滅ぼされている。654年と657年に彼らの仲間が2回わが国に漂着した史実がある。

諸説あって深い謎のヴェールにつつまれたままである。何れにせよ、7世紀の貴人たちの饗宴に花をそえ、驚かせたことにちがいない。

石舞台

飛鳥で有名な石舞台古墳のことにもふれておきたい。このあたりは島之庄と呼ばれ、近くにある遺構が島の宮と推定されており、『日本書紀』にいう蘇我馬子《そがのうまこ》の墓という説が有力である。

飛鳥のシンボルと言えば石舞台である。石室がむき出しになっているのは、政敵の手で封土が剥《は》がされたからと言われている。天井部分の巨石は重さ77ｔもあるらしい。石舞台という名は狐が女に化けて石の上で踊りを見せたとか、旅回りの芸人が舞台代わりにしたとの説がある。

私は石舞台の中に入って天井の大石を見上げると、澄み切った秋空が見えていた。その時詠んだ句である。

石舞台巨石の間より天高し

いろいろと石造物巡りをして古代のロマネスクの夢にすっかり酔ってしまった。皆さんも自分の眼でしかと見て、いろいろと確かめてほしい。何かを石造物たちが語りかけてくれ、新しい発見があるかもしれない。

（五）高松塚とキトラ古墳

奈良明日香の特別史蹟の高松塚古墳で、昭和47年（１９７２）に鮮やかな男女の人物画がキトラの四神に先立ち発見され、当時世間は大さわぎだった。

藤原京期（６９４〜７１０年）に築造された終末期古墳。古墳内の極彩色壁画は１９７４年に国宝に指定されている。被葬者については諸説あり特定されていない。

保存のため再度密閉されたが、壁画の模写、副葬品はすぐ横の高松壁画館に展示されている。

キトラ古墳は高松塚の南方約１ｋｍの所にあり直径14ｍぐらいの円墳で７世紀末から８世紀初頭のものとみられる。

昭和58年（１９８３）にファイバースコープで、盗掘穴から石槨《せっかく》（小形の石室）内を撮影し、北壁に玄武《げんぶ》を見つけた。15年後には超小型ビデオカメラで東壁に青竜、西壁に白虎、天上に古代中国の星座を描いた天文図（星宿）を発見した。残るは朱雀《すざく》であったが、平成13年（2001）に見つかり四神が出揃った。

キトラ古墳には方角の神・四神が描かれている。北壁には玄武、西壁には白虎、東壁には赤い舌が印象的な青竜、南壁には大きく翼を広げた朱雀が描かれている。白虎、青竜、朱雀は単体の動物なのに玄武は亀と蛇だ。玄武の玄は北を示す黒色のことで、武には硬い甲羅を持つ亀の防衛力を示す。

蛇と亀の絡みは自然界にあるのだろうか。中国の古い書物には亀単体と亀蛇とが混在していたが、やがて亀蛇の形に統一されたらしい。いろいろな学者が諸説を出しているが、インド神話がかなり有力のようだ。

インドのヒンドゥー教に「乳海攪拌《にゅうかいかくはん》」がある。

不老不死の薬を手に入れようとした神々が、大亀に大蛇を絡ませ、コマのひものように引張った。大亀はぐるぐる回転し、海をかき混ぜた。そうすると乳の海が生まれ、不死の妙薬ができた。

その他の学説として星座説がある。

南の空の複数の星座を組み合わせて朱雀が羽ばたく姿を描いた。西の空の白虎や東の空の青竜も星座から描くことができる。玄武はどの星座を組みあわせるか非常に難しい。

そこで北の空で最も目立つ北斗七星が玄武でないかと言われている。星座の器部分が亀、柄が蛇にあたる。

亀と細長い蛇では勇ましさに欠けるので、甲羅に蛇がまきつく姿になったともいわれている。

本年平成31年（２０１９）の3月になって、平成最後を飾るにふさわしく、特別史蹟「キトラ古墳の石槨」が国宝になったニュースが流れた。「奈良飛鳥を歩く」を書いていた時で、この地に国宝が少ないので一抹の淋しさを感じていた。この知らせは私にとっても嬉しい知らせであった。

古代の日本に四神信仰や星宿神仰はほとんどない。なぜ明日香の古墳壁画に現われたのだろうか。

高句麗《こうくり》にはすばらしい壁画古墳が現存している。特に北朝鮮の古墳壁画はユネスコ文化遺産に登録されている。北九州にもある壁画古墳も明日香も朝鮮半島から移住してきた豪族によってつくられたと言われている。

《世界遺産の登録に向かって》

「飛鳥・藤原の宮都」は世界遺産に既に登録があってしかるべき処である。

本年（令和元年）に登録された「百舌鳥・古市古墳群」より3年早く、２００７年に世界遺産の暫定リストに入っていた。普通、世界遺産に登録されれば、発掘調査がストップされるが、この地はほぼ完了していた。

私は「奈良飛鳥を歩く」で飛鳥の地に関していろいろと語ってきたが、藤原京にはふれていなかったので、ここで簡単に記しておきたい。

藤原京は現在発掘が全て終り、遺跡として保存されている。藤原京は飛鳥の西北部にあり、橿原市と明日香村にかかる地域にあった。持統天皇が藤原京の地に都を遷したのは６９４年のこと。その大きさは平城京、平安京をしのぐ大規模な都城で、古代最大の都であった。「日本書紀」によると持統天皇4年（６９０年）に着工し、4年後に飛鳥浄御原《きよみはら》宮から宮を遷都した、とある。

ここは畝傍山、耳成山、香久山に囲まれた平野で、唐の都にならってつくられ、持統・文武・元明天皇と三代続いた都であった。尚、持統天皇は飛鳥宮の天武天皇の皇后であった方で、文才にもたけた人であった。

藤原京の一等地には本薬師寺もあった。七世紀末に天武天皇が皇后の病気平癒を願い建立された国家寺院でその規模は大きい。これまでの調査で金堂や東西塔、中門などの跡が確認されていたが、正門に当たる南門は未発見だった。本年（令和元年）秋に巨大南門の柱の礎石の穴が三ヵ所確認された。

何故、長きにわたり登録が認められなかったのだろうか。世界遺産ともなると外国人も多数訪れるのは当然で、そうなるとその人たちがこの地を理解できるか、そのアピールポイントのテーマを何におくかが重要になってくる。「日本国の誕生」では国内向けとしてはＯＫであるが、外国人にはわかりにくい。唐や百済、そして新羅を初めとした「東アジアとの交流」というテーマも入れてポイントをどこにおくか、登録理由をゼロから練り直す必要に迫られていると新聞各社は報道している。

私は本書で日本であまり多くない石の文化に焦点をあてて書き進めたが、何回も明日香に足を運んでいるにもかかわらず、いざ文章にしようとすると、いろいろ理解ができていないことに気づき、文献等でくり返し調べることが多々あった。ましてや外国人になると尚更で、わかりやすいパンフレットの作成が必要になってくる。

　新聞各社からの情報によると、奈良県知事・荒井正吾氏は本年（令和元年）6月に「登録に必要な推薦書を2022年4月までに、文化庁へ提出する」と表明したという。彦根城と同様に5年後の登録を目標にしている。日本人にとって、とりわけ奈良の人々にとっては、何と待ち遠しい世界遺産登録決定の日だ。

II　韓国を歩く

（一）古の百済《ペクチェ》（くだら）を訪ねて

最初に倭《わ》（日本）と古代の友好国であった百済の都があった邑《ウブ》（町）・扶余《プヨ》を訪ねてみよう。扶余は百済国の聖王《ソンワン》が公州《コンジュ》より遷都した古都である。忠清南道の田舎町になっているが、最近はホテルや各種の観光施設もできて賑わっていると聞いている。尚、日本で百済と書いてくだらというのは「クン・ナラ」「大いなる国」という朝鮮語からきている。

私は昭和59年（1984）より始まったNHKのハングル講座で、翌60年の応用編で「仏国寺」と「扶余」を学んだ。二つの紀行文は韓国の小学校6年の国語教科書より引用されていた。この二ヶ所の観光地は機会があれば是非行ってみたいとかねがね思っていた。それより以前に司馬遼太郎の『街道をゆく　韓のくに紀行』を愛読していた。その頃私はまだ飛行機に乗ったことがなく隣の近い国が遠い所に思えていた。

まさか私が社命で韓国ソウルに駐在するとは、その頃夢にも思っていなかった。韓国を観る時が思いの外早くやってきたのは時代の要請といえる国際化の波が、メーカーにも徐々に押し寄せてきていたからだ。

ソウル駐在にも大分慣れてきた昭和61年（1986）、朝鮮半島の西南の海岸地帯に位置するコンビナート麗州《ヨース》に出張し、仕事を終えてから一人旅をした。パートナーの洪《ホン》常務は所用があるとのことで、フライト便でソウルに帰ってしまった。一人で行っても何とかなると思ってはいたが、列車を降りバス停を尋ねると訛《なま》りがあり、よく通じなかった。薬局の女主人にはよく通じバス停は何と、すぐ近くにあった。

扶余に到着すると、売店でハングルと日文、それに写真の入った小冊子「観光扶餘」を1000₩（約330円）で買った。（※参考資料一覧）

茶房《タバン》（喫茶店）のママから行き順を聞き、出張用のカバンを店に預けてぶらりぶらり歩く。

扶余は千五百年以上も前の百済の都として、高句麗、新羅と並んで三国の一つとして君臨してきた。私は滅びの美を求めてこの国の定林寺址《チョンニムサジ》にある五層の石塔や石仏、扶蘇山城《プソサンソン》、落花岩《ナッファアム》、そして百馬江《ペンマガン》に浮ぶ小舟から落花岩を眺めてみたかった。

最初に定林寺址へと向う。アジョシ（おじさん）に「イルボン　サラムニカ（日本人か）」と聞かれ「そうだ」と言った。「私の家の中を通って行けよ。近道なんだ」とたどたどしい日本語だった。韓国では私と同世代以上の人は少し日本語ができる。やはり、こんな時にも大昔の友好国の名残があるのかと少しばかり嬉しかった。

ここで百済の歴史を簡単にみておこう。

百済の始祖は夫余《プヨ》という騎馬民族と同系統である。高句麗の始祖は東明王《トンミョンワン》（朱蒙《チュモン》）という人だが、その王の血を分けた二人の王子がお家騒動の結果、南へ逃げてきた。その一人、温祚がソウル附近にあった慰礼城《イレソン》で王位についたという伝説がある。

西暦475年、高句麗に攻められた一族は捕虜になり、ここで一旦は陥落してしまったかにみえた。ところが、生き残りの王族、武将たちは再起をかけ、はるか南の熊津《ウンジン》に移ってきた。ここが現在の公州である。一時は新羅《シンラ》（しらぎ）と同盟を結び高句麗《コグリョ》（こうくり）の南下に対抗した時代もあった。

現在の公州はかつて邑《ウプ》（町）であったが、現在では市に昇格している。ここを都とした時期は60年ばかり続き、やがて現在の扶余に移された。

扶余は、北東から流れ南方へ折れて行く錦江《クンガン》を自然の防備線にして、南北に長く土城を築いている。この地区の流れを白馬江《ペンマガン》と呼ぶ。この城の東方の広い平地と山を内側にして、ちようど半月のような城になっている。別名、半月城と呼ばれる百済の鎮山で景観がすばらしい。その上、遠く東方や川向うの西方や、あちこちに山城を築き強固な防衛線をつくっている。

扶余に遷都して以来、宿敵である高句麗、新羅と三巴《みつどもえ》の戦いが続いていたが、百済はよく善戦していた。

やがて、百済の王は仏教に帰依し仏教文化がこの地で花開いた。そして日本国との友好関係が徐々に強くなっていった。

応神天皇の時、「千字文《せんじもん》」や「論語」10巻をもって王仁《ワニ》博士は来朝し、やがて帰化人となった。また百済の僧が聖徳太子の先生をつとめたり、百済文化は古代日本に大きな影響を与えたのである。

千字文は〝天地玄黄〟に始まる四言古詩で中国の初学教科書として、また習字の手本として重宝された。

かつての騎馬民族の子孫たちは扶余の地に根をおろし、仏教文化をつくりあげている間に、戦士としての勇猛果敢な気風は次第に失われていったのかもしれない。一方の新羅はスパルタ訓練を通して軍事国家への道を着々とすすんでいった。

やがて新羅と百済との間に白村江《はくそんこう》（はくすきのえ）の戦いが起った。戦線は新羅が有利で歯がたたないとみた百済は援軍を倭国（日本）に要請し、一方の新羅は唐と組んで戦った。その結果、倭国の水軍は白村江（白馬江）で大敗した。

百済国は663年に亡びてしまった。各地を転戦していた倭国の軍を集結させ、亡命を希望する多くの百済人を伴って帰国したのだった。


定林寺のあった跡《あと》に行くと、戦いで焼け払われ広い境内にポツンと石塔と石仏が置かれていた。気が遠くなるような長い間、風霜にさらされ風化がはなはだしかった。今では石仏はこれ以上の風化を避けるため建屋内に安置されているという。

石塔よりも石仏の風化がひどく、殆ど原型を見ることが出来ないほど損なわれていた。高さは5～6ｍほどで、そのむかし、軍人が使用していた毛織物の丸高帽子に似た宝蓋《ほうがい》を頭にのせている。何と親しみがありユーモラスで、私の心をとらえて石仏の前で佇《たたず》んでいた。

この石仏高麗時代に造られたもので、定林寺の堂宇の守り本尊だったといわれている。

石塔は五層でバランスがよく、どっしりと落ちついた風格をかもし出している。有名な慶

州仏国寺の多宝塔に比べると、素朴ではあるが、軽快な味わいがあった。（※口絵参照　石仏・五層石塔）

ただ玉に疵《きず》は戦勝国の唐の大将、蘇定方の名が刻みこまれていた。石塔もさぞ、くやしかったに違いない。戦いが終った時、蘇定方は自分の戦勝の記念碑がつくりたかったが、早く長安に帰り凱旋報告をしなければならないので、時間的な余裕がなくこの石塔に名を刻み平済塔とした。

土塀に囲まれた広々とした敷地を眺めていると、さぞかし、この寺は由緒があったのだろうと想定できた。

韓国の石塔は三層・五層があり、七層・九層・十層・十三層もあり、多宝塔もある。各地の寺等にある小さな物を入れると２００基に近い石塔が今も健在である。

定林寺址の五層石塔は百済塔、又は「百済を平らげた」という唐の大将の名があることから平済塔とも呼ばれている。この塔は百済造塔技術の誇りとして韓国石塔の原型をどの塔よりも強く打ち出している、と言われている。

お目当ての百済国の山城、扶蘇山に向かう。途中、国立扶余博物館の庭に立ち寄り石槽をはじめ石造遺物を見る。石槽はかつて百済王宮の正殿前の庭にあり、王が自ら手をくだし蓮

の花を植えて鑑賞したと言われている。（※口絵参照　扶余の石槽）
かつて王宮のあった山は、扶蘇山と呼ばれ山全体が史蹟になっている。ここは徒歩で行くしかない。小鳥たちがさえずり、うっそうとした松林の道をくねくね曲がりながら、息をはずませて登った。何故か今日は観光客が少ない。兵量米の貯蔵倉庫の跡地、軍倉址まで登りつめてきた。どれほどの米の量が貯蔵されていたかは知る由もないが、今でも地の肌を少しばかりむきさえすれば、瓦のかけ端や炭と化した炭化米がいくらでも出てくるらしい。百済の恨みを物語って余りあるようだ。
送月台の楼上に佇めば、白馬江と落花岩が木立をすかして見え隠れして、四方八方の景色が眺められる。平時は王室の月見等の行楽地であったが、戦時は見張り台になったのだろう。しばし、百済・日本軍と新羅・唐の連合軍との壮絶な戦いに思いを馳せた。北西の崖《がけ》の下に白い砂州の白馬江が無心に流れ、川面には渡し舟が悠々と浮かんでいた。
百済の最後の王、義慈王は勇気と知略を併せ備えた名君であった。新羅と戦うたびに勝ちを治め、気も緩みその内に酒池肉林の世界にひたりはじめていった。唐将に捕えられ、唐に連れて行かれ、憤悶の果て病を得て亡くなった。

日が暮れかかってきた。白馬江まで降りてみよう。送月台から更に西へと山の背を伝わって下っていった。途中、有名な落花岩があった。落花岩の上に六角造りのあずまや・百花亭がある。宮女の百花が一度に散った場所でこの名がある。

落花岩には悲しい伝説がある。

敵兵に追われた三千宮女は人としての操を守るため、美しいチマ（スカート）をひらめかせて次々と百馬江に飛び込んでいった。まるで、ツツジの花が風に吹かれて飛び散っていったようだった、と言い伝えられている。（※口絵参照　花花岩と身を投じる官女たち）

途中、皐蘭寺《コランサ》にも立ち寄る。ここでこんこんと湧き出している泉の水を柄杓《ひしゃく》で飲む。ひやーっとして気分が爽快になった。百済の寺であるといい伝えられているが、定かでない。山城の貴重な水汲み場所だったようだ。

無心に流れる白馬江の小舟の上から百花亭を仰ぐと、聞くも悲しい謂れのある落花岩がよく見える。百済は残酷なまで焼き尽くされ、破壊されてしまったが、この自然は昔のままに残っているのだ。

その夜、オンドルの部屋のふとんの中で寝ようとしても、すぐに寝つかれなかった。あたりはしーんとして、百済の亡霊が出てきそうな気配がしていた。

いつの間にか、私は遠い昔の夢を見ながら眠りについていた。

《蒲生《がまう》の里で思うこと》

百済が滅び、義慈王は捕虜となって船に乗せられ唐に連れ去られていった。

百済王族の出身である鬼室福信《きしつふくしん》は百済の遺民をかき集め、あちこちの山城にたてこもりゲリラ総司令官になって王室復興を目指して戦いを再び続けた。鬼室は姓、福信は名である。副司令官の道琛も僧侶とはいえ中々の戦術家であった。

その頃日本に百済の王子、余豊璋《よほうしょう》がいた。鬼室は豊璋を呼び戻し再興を計る考えをもっていた。豊璋が帰国するにあたり、日本は護衛兵団をつけた。これが救援の第一次援軍となった。百済軍は一時勢いを盛り返し、成功したかに見えた時、鬼室と道琛がお互いに手柄を「俺が……」「俺が……」と自慢しはじめ、遂に鬼室は道琛を殺害してしまった。

その後も豊璋と鬼室は百済国再興の考え方に軋轢が生じ、運動を自壊させてしまったと大方は見ている。豊璋は高句麗と兵事を協議し、鬼室を罪人として首を醢《すし》にした。醢とは塩あるいは酢漬けであり苛酷な罰である。

それ以降も日本の度重なる援軍もあって、成功したかに見えた。ところが新羅は再び唐の援軍をえて、ここに百済は完全に滅亡してしまった。もし豊璋と鬼室に協調性があったなら、歴史は違った展開をしたかもしれない。協調性がないとか儒教の教えが濃い社会にあって信がないと言われるが、この国民性は今の世にも悪い流れとして受け継がれていると思えてならない。

時の帝《みかど》、天智天皇は近江の蒲生野《がまうの》の原野を百済の難民たちに与えた。現在の滋賀県蒲生郡がこの土地にあたる。蒲生野は琵琶湖に注ぐ川が何本もあり稲作に適した土地であった。百済の移民は第一次400人、第二次2000人と大挙してこの地にやってきた。司馬遼太郎は『街道をゆく（二）』の「近江の鬼室集斯」の章で詳しくこの事を書き、こんなことを述べている。

〝日本の水軍が白村江で潰滅的打撃をうけ、百済の独立運動が敗北したとき、敗残の現地日本軍は百済人たちを大量に日本に亡命させるべく努力をした。さらには当時の天智政権は国をあげてかれら亡国の士民を受け容れるべく国土を開放した。日本歴史の誇るべき点がいくつかあるとすれば、この事例を第一等に推すべきかもしれない。〟

今も鬼室集斯の墓が近江の山村にある。福信の子、集斯の墓なのか、その一族の墓なのかはっきりしていない。鬼室集斯の墓石が神体となって神社の形になっている。又、石塔寺には渡来人が残した心の記憶として三層の百済石塔がある。所在地は滋賀県蒲生町石塔。寺の「石塔寺縁起」によると、この石塔の正式名称は「阿育王宝塔《あしゃかおう》」と呼び、度重なる戦いを通じ、深く仏法に帰依したインドのアショーカ王の遺産である、と書かれている。ここは渡来人が古里を偲び造った心の遺産と考えたい。

白洲正子はこの石塔を見て石の美しさをはじめて知った、と言っており、司馬遼太郎は塔などというものでなく、朝鮮人そのものの抽象化された姿であると表現している。

石塔寺の三重塔について白洲正子は『近江山河抄』のなかで次のように述べている。

〝私は日本一の石塔だと信じている。朝鮮にある塔とは微妙な違いがあり、日本の美術品と称してさし支えないと思う。どこが違うとはっきりいうことはできないけれど、全体の調子が柔らかく、しっとりとして、たとえば高麗の茶碗に似た味わいがある。〟（※参考図書一覧『白洲正子と楽しむ旅』）

この石塔の層は粘土細工のような柔らかさがあり、古の百済、石職人が凄腕《すごうで》をふるっている。新羅の仏国寺多宝塔にも唐の阿斯達《あすだ》の作と言われているが、彼一人の作と違って、百済石職人の技の伝統の名残が多宝塔に生かされていると私は考えたい。

蒲生の里を歩いていると、白い韓服を着て杖をついた老爺が出てきたような気がした。チマチョゴリの中年女性が、頭に何かを入れた籠を載せ歩いてきたような気もした。

あれや、これや考えながら一人歩いていると、私はいつのまにか古の蒲生野の里にきて、幻の世界に入っていたようだ。

石塔寺　石塔

今の世、蒲生野町にくるとそんなことがあったのかと信じられない程に、かつての百済人は日本人に同化して一体となり、その面影すら探すことができなかった。

わずか鬼室集斯の墓と三層の石塔のみが、歴史の事実は事実ですよと語りかけてくれるだけだった。

（二）慶州を訪ねて

新羅の古都は慶尚北道の稲が豊かに稔る田園地帯の中にある田舎町・慶州《キョンジュ》（けいしゅう）にある。

最初にこの古都を見たのは韓国駐在の頃で、ソウルから車で各社訪問の途中、パートナー・洪《ホン》氏の好意により立寄ってくれた。大きな古墳が町の中にあり、いや、数々の古墳の中に町があると言った方が適切かもしれない。「慶州に青山多し」といわれるように、芝生が青あおと彩られ土饅頭形の古墳があって、好奇心の強い私の目にいや応なく強くやきついた。

私はこの地に退職後も数回訪れている。連れ合いを案内しての慶州自転車旅行、旅行社のツアーを利用して七〜八人の囲碁仲間の幹事役としてや、囲碁の仲良し四人組を案内しての旅等々である。百済は一回なのに慶州は五回とは、慶州贔屓《ひいき》かと思われるが、いや、そうではない。百済の方が何となく私には好感が持てるのだが、彼の地は焼き尽くされたこともあって、意外に見るべき物がないし、交通も不便である。

司馬遼太郎の『街道をゆく（二）』の中に、何回となく「あなたは百済か慶州か、どちらを好むのか」の話が出てくる。韓国の文化人、知識人にとっても議論は尽くせないでいる。私はこのことは、これ以上ふれないでおく。タイガースが好きか、ジャイアンツが好きか、それは各自の考え方の中にあるのと少しは似ている。

一先ず、ここで朝鮮植民地時代に訪れた我が国の民芸運動の柳宗悦と陶芸家の河井寛次郎の旅の思い出を『炉辺歓語』（※参考図書一覧）よりその頃の慶州の様子をさぐってみよう。二人の旅は民芸の美をさがしての旅であった。最初に釜山の北にある海雲台の近くにある李朝時代の通度寺《トンドサ》を訪れ、その次に慶州の仏国寺《プルククサ》（ぶっこくじ）を見学している。その後もあちこち観光をされている。仏国寺の旅館は日本人の経営で寺の近くにあり、すごく便利でよかったと話されている。この思い出はインタビューを受けているような話し言葉で書き綴られている。

仏国寺は石垣の石がゆるんで崩《くず》れる一歩手前で、そのよさは格別だったと。塔婆（石塔）ももう一遍《いっぺん》、人口が自然に直されていく過程だ、と話されているところから推察すると、当時は修復されず荒れ放題の印象をうける。

次に二人は慶州博物館に行き、庭にある名高い大きな鐘を見て、音色といい釣り下げ方といい、素晴らしいと絶賛している。釣り下げ方は釣鐘の文字や彫られた絵が見える目の高さにあり、わが国の釣鐘の吊し方と違っているからだ。

この釣鐘（聖徳大王神鐘）の鋳造を思い立ったのは新羅35代の王であるが、完成を見ず亡くなり次の王の時に出来上っている。

通称「エミレーの鐘」と言われる哀しい伝説がある。

鐘に彫られた天女

エミレーの鐘

鐘は造っても造っても満足な音色が出なかった。数十回にも及んだある日の夜、鋳造工長の枕もとに天女があらわれた。「九歳になる女子を生け贄《いにえ》に捧げたら、いい鐘が出来上るよ

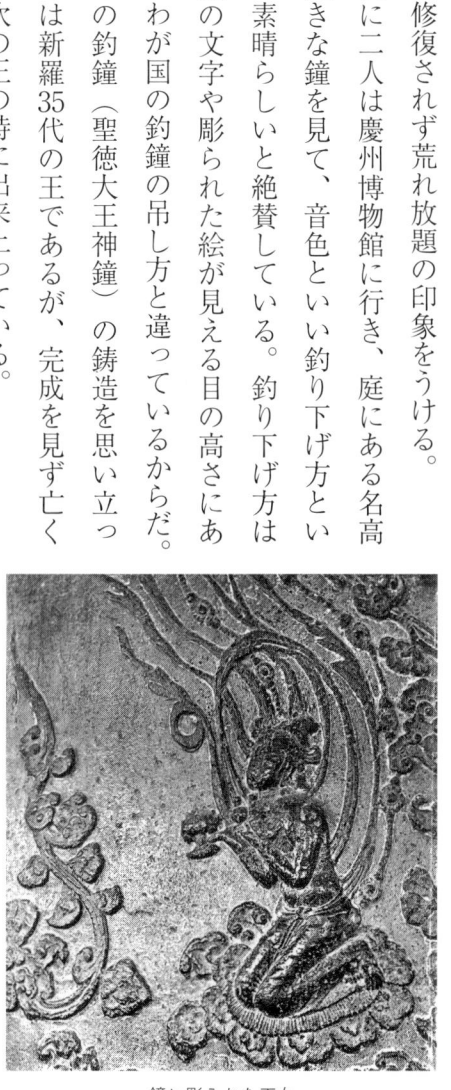

うにしてあげよう」と言った。

早速、托鉢僧《たくはつそう》をかり集め布施の代りに貰ってくるよう命じた。だが、九歳にしろ八歳にしろ、かわいい自分の生みの子を生け贄に差し出す親が、この世にいる筈はなかった。

鋳造工長は再び悲嘆にくれていた。そんなある日のこと、托鉢僧が泣きじゃくる女の子をあやしながら戻ってきた。お布施を請うと貧しくて何もさしあげる物がないから、この九歳の子でも構《かま》わないとのことで貰ってきたと言った。勇み立った鋳造工長は、あれこれ思いをめぐらす暇《いとま》もなく、お母さんと泣き叫ぶ子を抱きかかえ、にえたぎる熔鉱炉の中へと投げこんだ。

いよいよ鐘が出来上がり皆が固唾《かたず》をのんで見守る中で撞《つ》いてみると、えも言われぬ妙音を出すこの世で最上のものとなった。その妙《たえ》なる音を聞けば聞くほど、エミレー（幼児ことば・お母さん）と叫ぶように聞えるのだった。

いつか世の人々は、この鐘をエミレーの鐘と呼ぶようになった。

エミレーの鐘と韓国駐在の頃の筆者

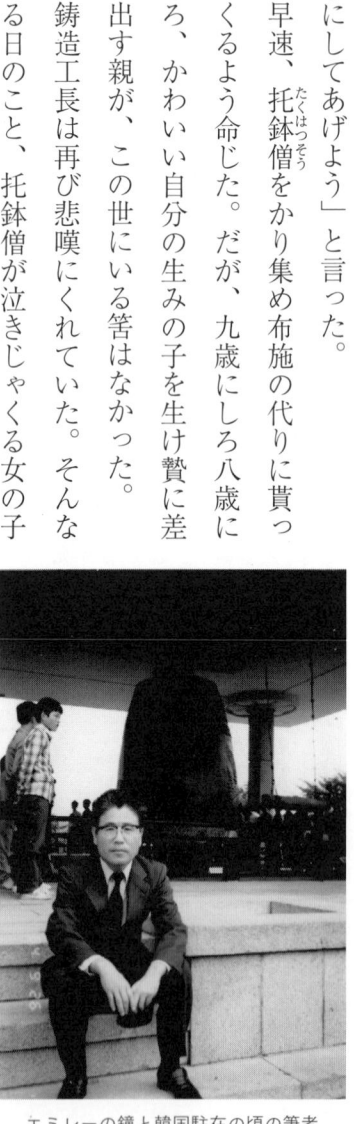

春惜しむ新羅の人も聞きし鐘

さて、一息ついたところで新羅の歴史、そして新羅以降の歴史も若干ふれておこう。新羅は朝鮮半島の東南の地、慶州から起こり、前57年朴赫居世の建国と伝えられている。4世紀に辰韓を統一し、6世紀以降、任那（みまな）を滅ぼし、また唐と組んで百済、続いて高句麗を平定し、668年朝鮮全土を統一した。さらに唐の勢力までも駆逐した。この強国を「統一新羅」と呼ぶ。

韓国の学者たちは「統一新羅」の誕生を朝鮮半島の画期（エポック）とみて今日の朝鮮民族の形成の起点とみている。

新羅の強さの原動力は何であったのだろう。私は鉄の生産で強国になったと考えている。1990年に製鉄一貫工場の遺跡が慶州市内で発見され、新聞に大きく報道された記事を私のスクラップ帳に保管していた。鉱石を精錬して鉄を作り、さらにそれから鋳鉄、鋼鉄を生産し鉄器具に仕上げている。紀元四〜七世紀ごろの遺跡であると報じられていた。

56代も続いた新羅も高麗の王建によって滅ぼされた。

918年王建が新羅の王に代って高麗国の王位につき、936年半島を統一し、都を開城《ケソン》（かいじょう）におき、仏教全盛期下で文化の花を咲かせている。日本国とは国交が結ばれていなかった。

やがて、1392年に高麗国も李成桂《イソンゲ》によって滅ぼされ、朝鮮王朝の幕開きとなり都は今のソウル、京城に置かれた。

そろそろ、この辺りで私が観た新羅の石語りを始めることにしよう。

仏国寺《プルククサ》（ぶっこくじ）は慶州から近くの海抜745mの吐含山《トハムサン》（とがんざん）の中腹にある。寺に近付くと土産物屋の男店員が案内役をしてやろうと言った。案内は無料で帰りに何か買ってほしいと言う。後ほど帰国時の土産に青磁の湯飲み茶碗を三ヶほど買った。

仏国寺の入口にくると、目につくのが二層の石壇が高々と築かれている。その昔は蓮池があり花の舟が浮んでいたという。それ故、二層の石壇を青雲橋、白雲橋と名付けている。

（※口絵写真　仏国寺）石壇は所々、茶色やうす黒く汚れている。私はその箇所を指さして、

「ウェイ?」（何故かな）と聞いた。

「チョンジョン……」（清正……）と言ってから、しばらく間をおいて言いにくそうに、豊

臣秀吉が焼き打ちにした時の跡だと説明した。文禄慶長の役（壬辰《じんしん》の乱）の将軍、小西行長と加藤清正の話がここで出るとは思いの外だった。

境内には花崗岩の多宝塔と三層の釈迦塔が偉容を誇っていた。この両塔は１５９３年の壬辰の乱の戦火をまぬがれている。

多宝塔は高さ10・４ｍ、大きな石組みの上に置かれており方形の基壇に石階と石欄を四方に配し、更にその上に三層の塔を築き上げている。一目《ひとめ》見た時は、これが石細工かと疑うほどの柔らかさで、まるで粘土細工で造ったような新羅統一時代が残した逸品中の逸品である。

（※口絵参照　仏国寺多宝塔）

釈迦塔は高さ８・３ｍで多宝塔よりやや低く、大雄殿の庭に多宝塔と向い合って立っている。二層からなる基壇の雄壮さと三層の塔の優雅さが融合して、新羅文化の特色をいかんなく発揮している。（※口絵参照　仏国寺釈迦塔）

１９６６年10月に第三層の塔身、上部中央にあけられた直径50㎝ほどの穴から舎利函※の遺物一式が発見された。この金銅製舎利函は慶州の国立博物館に保管展示されている。

舎利函　仏陀《ぶっだ》・聖者の遺骨をおさめた函。

その後のツアー旅行で再度来た時、ガイドよりこんな話も聞いた。仏国寺の境内の片隅にある小規模の石塔を指さして、実はこの石塔、日本に持ち去られ、長いこと東京銀座料理店の庭に置かれていたという。「有名な先生、リュウ、ヤナイだったかな……」と言ってガイドが私の顔を見た。「民芸運動家の柳宗悦のことですか」

ガイドは大きく頷《うなず》き、柳宗悦先生のお言葉「石塔は元の場所に帰してやりなさいよ」と店の主人に言われ、ここに戻ってきたと話していた。

多分、植民地時代の頃だと思うが、今さらながら柳宗悦の人間としての偉大さに感心した。

多宝塔にも哀しい伝説が残っている。

影塔

新羅国では仏国寺建設にあたって、広く御触《おふ》れを出し優れた大工や石工を募った。我こそはと思う優れ者が集まってきた。その中には遠く唐の国より招聘《しょうへい》されて来た阿斯達《あすだ》という名工がいた。彼は礼を尽くして招かれたので応じざるを得なかった。阿斯達が国を立つ時妻の阿斯女《あすめ》は聞いた。

「何年経ったらお帰りになるの？」

「三年もあったら充分だろう」

しかし、三年が六年になり、六年が十年になっても愛する夫は帰ってこなかった。

夫を待ち焦がれた阿斯女は遠路はるばる慶州までおもむいた。が、工事場の入口には厳しい検問所が設けられ、妻子といえども面会は許されなかった。

「王様の命令です。塔が完成するまで誰も入れません」

「塔はいつ完成するのでしょうか？」

「そうだな、わしにもよくわからん」

しかし、親切そうな役人は池の方を指さしながら、塔が完成したら、その影がいの一番に池の水面に映るから、そこへ行って待つがよいと、教えてやった。

それから数年、阿斯女は池のほとりに雨の日も風の強い日にも、毎日通いつづけた。

そしてある日のこと。突然、多宝塔の影が池に映った。そればかりか、塔の前にたたずむ愛する夫の姿までも……。

「ああ、あなた！」

と一言、喜びのあまり水に映った影とは露《つゆ》知らず池に身を投じていた。一方、阿斯達は役人から妻のことを聞き、駆けつけてみると、変り果てた妻の水死体があった。夫は妻の亡骸《なきがら》を抱いて泣きつづけるばかりであった。

それ以来、人々は多宝塔を影塔、釈迦塔を無影塔、池を影池と呼ぶようになった。

阿斯達は涙を払いつつ、ノミを握って仏像を造った。影池のそばにある石仏坐像は悲嘆の中での作である。当時はこの石仏を中心にして影寺があったそうだが、消失して今の世にはない。

因に、仏国寺の大雄殿の鮮やかで美しい丹青《タンジョン》にふれておきたい。丹青は寺や楼閣の庇《ひさし》を彩る赤、青、緑、黄で塗りわけた模様で、華やかな色彩は絢爛《けんらん》と咲きほこっている。

奈良の枕詞に「青丹《あおに》よし」があるが、この青丹は丹青からきている。私は友人を案内して韓国の旅をしている時、丹青があると必ずこの枕詞の謂《いわ》れを話していたように思う。そして、奈良は国という言葉からきていると。

青丹よし　奈良の都は　咲く花の
にほふがごとく　今盛りなり

小野老《おののおゆ》（万葉集巻３・３２８）

慶州の石語りの最後に瞻星台《チョムソンデ》と呼ぶ東洋最古の天文台を訪ねてみよう。天文台は花崗岩を27段に組みあげ、石の数は３６０個あまりと一年の数をあらわして積んでいる。高さは約９ｍ、低辺の直径は５ｍ、上の部分の直径は２・６ｍある。四角の窓は昇り降りの入口に使用されていた。底部には透きとおった水がたまっており、水鏡として利用していた。（※口絵参照　瞻星台）

この中に入って新羅の暦学博士は星の運行や日蝕、月蝕など天文を観察し、農事や天変地異、王権の盛衰を占っていた。

この天文台を造った善徳女王は皇龍寺の九層石塔を築造したり、慈善法師を唐に遣し唐の文化を取り入れるなど、名女王として誉高《ほまれ》かった。

この天文台はサイロのように見えたり、ノロシ台のように見えたりもするが、残念ながら芸術的な美はない。

慶州の星空は本当に美しい。まして古代新羅の夜空は妖しいまでに美しかったにちがいない。女王のこの瞻星台を造ろうと決心した心中は、私にはよく理解できる。

（三） よみがえるソウル城郭

朝鮮半島や中国でいう城とは、王宮をはじめ街全体を守衛するための城郭、城壁のことで、日本でいう城とは異っている。城の中にある街を城市とか城内と呼んでいる。

現在、大韓民国の首都はソウルであるが、かつては漢城《ハンソン》、京城《キョンソン》と呼ばれていた。日本統治時代は京城（けいじょう）と呼んでいたが、この地の人々は漢城とか京城と言わずソウルと呼んでいた。とくに田舎の人々は親しみをこめてソウル、ソウルと呼んでいた。

韓国を友人を連れて観光案内をしていた時、「ソウルは漢字で書かないのはどうしてなの?」と聞かれたことがある。この質問をうけて私は適当にこんな答え方をしていた。

「ソウルは韓国語の固有の言葉で都という意味ですよ。例えば釜山のチャガルチ市場も漢字で書いていないでしょ。これは石ころという固有の言葉なんです。昔あの市場は石ころだらけの中にあったらしいよ」

しかし私は帰国後もう少し詳しく、ソウルの語源を調べてみることにした。

『世界の都市物語ソウル』の中で碩学《せきがく》、姜在彦《カンゼウォン》は次のように述べている。（※参考図書一覧）

〝漢城府の時代にも地方民たちは、その正式名称よりも一般的にソウルと呼んでいたようだ。ソウルという名詞は遠く三国時代（高句麗、百済、新羅）の新羅初期に由来している。新羅のむかしの国名が徐耶伐（ソヤボル）だったので後世の人たちが京都（みやこ）を徐伐（ソボル）といい、それが訛《なま》ってソウルになった。〟

私なりの解釈ですが、都という言葉は中国語で都市という意味とすべて、みんなという二通りの意味がある。都とは何でも品物があるからこの言葉になったのかもしれない。日本語の辞典には皇居または政府がある所。都は宮があるところ。御（み）屋（や）処（こ）からきており、宮所、宮処の意味があると書かれている。

朝鮮王朝を興した太祖・李成桂《イソンゲ》は１３９２年に首都を高麗王朝のあった開城《ケソン》から漢城《ハンソン》（ソウル）に遷都した。１３９５年に景福宮《キョンポッグン》や宗廟《チョンミョ》等を完成させると、これらを守るためや都ソウルを守るため城郭が必要と考え建造にとりかかった。東の駱山《ナクサン》、北の北岳山《プガッサン》、西の仁王山《イナンサン》、南の南山《ナムサン》の山々の屋根を結んで築かれ、１３９６年に完成した。遷都して僅《わず》か四年の歳月でこの工事を完成させている。この工事のため全国から11万8千人の農民が動員され、城郭の大部分を建造したが、この段階では石と土で造られていた。

秋の農閑期に再び7万9千人を動員し、春に完成できなかった東大門《トンデムン》、西大門《ソ》、南大門《ナン》、北大門《プッ》を完成させた。西大門は現存していない。南大門は一昔前に焼失したが再建している。四代目の世宗《セジョン》大王は四大門の完成から27年後にソウル城郭を全面的に石城に築き直す大々的な補修、拡張工事を展開した。1422年の完成までに動員された農民は約32万人で、これに技術者約2200人が加わった。

因に、四代目の国王世宗はハングル文字を選りすぐりの学者たちを集めて考案させたり、中々の名君であった。この王だけが大王と呼ばれ、歴史上、好きな人物として文禄慶長の役(壬辰倭乱《イムジンウェラン》)で大活躍した李舜臣《イシュンシン》と並び、国民の人気を二分している。

私は南山にそびえているソウルタワーに何回か登ったことがある。この南山にも当時の石垣を見ることができる。この城郭は500年余り朝鮮王朝を守る役割を果たしてきた。そして600年以上もソウルの小高い屋根筋に沿って石積みの城壁が途切れ、途切れに残っていたのだ。

ソウル市は2009年、城郭の保存と活用の計画を作り、本格的な復元、補修に取りかかり、現在ほぼ完成に近い状態である。ほぼ完成といったのは主要道路の通行箇所の問題があるからだ。やがてユネスコ世界遺産へ登録される日は近いだろう。

最後に韓国について一言語っておきたいことがある。韓国を旅していると、世間では反日、抗日と険しい言葉からくる暗いイメージを感じるが、旅人の目からはいつもこの国のぬくもりを感じる。それは日韓のこれからの世界を担っていく若い人々もひしひしと感じているに違いない。過去は過去、日本人のとった考え方に過ちは多々あったと思うが、過ぎ去った歴史はかえってこない。大事なことはこれからの未来だ。日韓両国の間に横たわる諸々の難題は決して埋めきれない溝ではないと声を大にして言いたい。

大統領府北側の山の尾根沿いに伸びる城郭

III

北京《ペキン》市内を歩く

（一）北京の旅は胡同《フートン》から

北京は「千年王城」と言われるように、三千年もの悠久の歴史が息づく古都であり、躍動する現代中国の首都である。

私はこの古都に春夏秋冬の四季を通じて訪れている。最初は１９９４年秋の北京で、その後１９９８年に冬の旅と現役の頃、多忙であったが休暇を利用しての旅だった。

退職後、あちこちの火車旅行（汽車旅行）の北京駅乗り継ぎや、モンゴル旅行等の空港乗り継ぎもあって、その旅のスケジュールには北京市内観光も織り込まれていたため十回ほどの北京訪問となった。

とにかく北京のぶらぶら歩きは、観光好きの人、歴史好きの人にとってはたまらない魅力を秘めた街である。ところが最近では中国人の観光ブームで、いわゆるお上りさんが大挙してやってきて各地の観光名所は人、人で埋もれ入場口で順番待ちの長い行列もあり、何だか人を見にきているようなシーンが圧倒的に多い。

又、市内は車の洪水や蒙古や中国北部の黄土地帯で舞い上がった黄砂等のため空気が汚れ、どんよりした天候が続きスカッとした青空を見ることができない。霾《ばい》という言葉があり、季語に霾《つちふ》るがあるが、日本でも春に黄砂が舞って太陽がおぼろ月夜のようにかすんで見えることがある。

柳村苦子の句にある。

霾れる曠野を居とし遊牧す

私はいい時に北京ぶらぶら歩きができて、ラッキーだったと思っている。前置きはこれくらいにして北京の「石を訪ねて三千里」の旅をそろそろ始めよう。

胡同は北京の原風景ともいえる古い路地のことで観光客は三輪リキシャで路地めぐりを楽しむ。胡同の道は狭く車は通れない。歩いていると路地が複雑に入り組んでいて迷子になる。胡同めぐりは三輪リキシャに限る。

胡同とはモンゴル語で井戸という言葉で、北京市民は古く周代の頃から、この地で地下水を利用してきた。清の時代には北京の城内、城外あわせて1258箇所も井戸があったという。この胡同に四合院《シィフェユアン》（しごういん）造りの伝統家屋がある。中庭を取り囲むように四つの家屋が配置されており、かつては北の家屋は主人、東と西に長男、次男の家屋、南に客や使用人の部屋となっていた。現代ではバラバラの家族が住んでおり、立ち退きや改修のため完全な姿の四合院は数少なくなっている。

それでは、胡同の装飾された石飾りの見物をしよう。

四合院の入口に「門墩《メンドン》」という装飾された箱型や太鼓型の石が置いてある。かつて、メンドンはそこに住む人の身分をあらわしていた。獅子型を許されるのは皇族、太鼓型は文官武官、箱型で装飾がないものは、ただの富豪といわれているが、一概に判断できないとも言われている。一見して新しいメンドンは単なる装飾品にすぎない。

四合院も時代の波や電力事情、水道事情のため、マンションに建て替えられ、完全な形で残るものは少ない。今でも多くの市民が住んでいるので、内での生活ぶりは垣間見ることすらできない。ガイドの案内で私が見せてもらったのは、彼の友人カナダ人がここを購入している家屋だった。現在カナダに一時帰国をしているので鍵を預り、特別に許可をもらっていると言っていた。この部屋にはテレビ、洗濯機、冷蔵庫等の電化製品が置いてあった。勿論、ストーブもありベッドもあったが、そんなに広くなく二人暮らしができる程度だった。北京のよさを知るには、こんな所に住んで鳥籠をぶら下げ早朝の公園に出かけ、仲間の鳥と囀《さえず》りを競わせる。なかでも画眉とか百霊とかの鳥は声がいいので愛されている。一尾は一ヵ月の給料にも匹敵し、暮らしが裕福でなければできない趣味だ。健康法の一つとして太極拳でもやって皆と談笑する。又、朝からカラオケをしているグループもあり私もこんな生活の仲間に入れてもらいたいと思った。

さて、ここで門墩《メンドン》にとりつかれた日本人男性を紹介しておこう。私のスクラップ帳によると（平成11年・1999年・1月　朝日夕刊）岩本公夫さんは大阪の自動車販売会社を定年退職し、習字や絵を習いながら北京言語文化大学に留学し、初歩から中国語を学び始めた。メンドンとの出合いは留学半年後。胡同の近くにあるラマ教寺院の雍和宮《ようわぐう》や首都博物館付近を散歩中、民家の門前に黒光りする丸い石を見つけた。彫刻が施された見事なもので、早速カメラに収めた。以後メンドンの路地探索は通算二年に及んだ。

二年後、一旦は帰国したが調査を完成させるため北京入りし、運動靴と自転車で胡同めぐりを続けた。

左右で一対のメンドンは高さ80㎝ほどで建築的には門の柱と扉を支えている。彫刻の模様は蓮の花や瑞雲、吉祥結び、仙人のシンボル、鹿、鶴、などである。

メンドンに取りつかれた男、岩本公夫さんは、その結果として四千枚を超える写真の展示会を中国歴史博物館で開催した。又、彼が救出したメンドンは学舎《まなびや》、北京言語文化大学の庭に保存されている。

1999年1月11日朝日・夕刊
岩本さんと救出したメンドン

私は北京の伝統家屋の門前を飾るメンドンの写真撮影や保存が、日本人によって古い物を大切にの心構えで為し遂げられたことを称賛してやまない。

文化大革命※の期間中、古いものがどんどん壊されたが、このメンドンも例外ではなかった。傷ついたメンドンも多く、又、各地で美しい石仏等の破壊も多かった。

現在、メンドンは保護されていて、勝手に動かすことはできない、という。


文化大革命（1966~70年代初頭）正式名称はプロレタリア文化大革命。65年に文芸作品に対する思想闘争から発展し、66年の紅衛兵の学園闘争が拡大し、軍民問わない思想闘争へとエスカレートした。特に反毛、反革命への追撃は激しく、文化人、文化財、知識層への打撃は図りしれない。80年以降の中国は、文化大革命を「重大な誤り」だったとしている。

（二）盧溝橋《ルーゴウチャオ》（ろこうきょう）の見学

マルコポーロは『東方見聞録』の中で「これほど美しい橋は世界中どこを探しても他には見つからないだろう」と述べている。

北京に初めて都が置かれた金の時代１１９０年頃に造られた永定河に架かる、全長約２６６ｍ、幅約９ｍの石橋。ここから江南の地に向う旅人と別れを惜しむ習わしがあったという。この大理石の橋の欄干《らんかん》には一体ごとに表情の異なる４９８体の獅子像が並んでいる。この石橋の夕方は西陽が反射して獅子の表情が生き生きとしてくる。かつては北京八景の月の名所としても知られていたが、今ではどんより曇った夜空では果たして美しい月が見えているのだろうか。橋の東側脇に清の乾隆帯が建てた「盧溝暁月」の碑文が残っている。

私がこの橋を見たかったのは美しい石の橋もさることながら、通称「盧溝橋事件」のきっかけとなった昭和12年（１９３７年）の日中戦争の勃発した歴史的な舞台でもあるからだ。

7月7日から8日にかけて、日本軍は盧溝橋で夜間演習を行っていた。中隊長が実弾射撃の音を耳にし、さらに、兵士一人が行方不明になった。日本軍は目に見えない影に怯えるように戦争体制に入ってしまった。行方不明の兵士はその後、帰隊するのだから中隊長が冷静に行動していればこの夜が日中戦争の始まりにはなっていなかったかもしれないのである。

橋の近くに宛平城という建築物があり、日本軍はここを占領し破壊した。現在では再建され、「中国人民抗日戦争記念館」が設けられており、当時の様子を生々しく把握することができる。盧溝橋を永遠に保存するため、現在では南側に別の橋が架けられ、ここは車の通行は禁止されている。

私は播州（兵庫県）の田舎で生まれたが、小さい頃母親から何回かこんな話を聞かされた。「やす（泰彦）が生まれた日に吉冨の荒川さんに召集令状がきて、支那事変と呼ぶ戦争に出征されることになり、春日さん（鎮守の森）に村の人たちが集まり、みんなでお見送りをしたんだよ」

この戦争はその後、大東亜戦争となり昭和20年（1945年）の敗戦まで続いた。

（三）頤和園《イホーユェン》（いわえん）を訪ねて

市街の北西にある大きな庭園を訪ねてみよう。

ここを初めて訪れたのは平成10年（1998年）で私がまだ現役の頃でお正月前後の休暇を利用して、連れ合いを誘っての二人旅だった。幸いにして通訳を家内がしてくれるから大《おお》助かりだった。連れ合いは子供たちの受験勉強につきあって中国語（普通語《プートンファ》・北京語）の勉強をし、神戸の語学教室にも通い、その後天津外語学院に二ヶ月ほど短期留学をして準二級の検定試験に合格していた。

全日空のハローツアーは所々現地のガイドが案内してくれるが、自由行動の多い旅だった。北京の冬は寒い。外気温は零下であり駐在していたソウルも寒かったが、こちらの方がうーんと底冷えする。厚着の連れ合いが駅前広場でコロンと上手に転んだのを今でも思い出す。

着ぶくれて妻転びおり北京駅

頤和園は市外の北西、海淀区にある清代の皇室庭園の代表作で総面積２９００㎡もある大庭園だ。北に北寿山あり南に昆明湖あり、昼は宮廷料理のレストランもあり、一日いても退屈しない楽しい大庭園だ。

元々は明の15世紀末から16世紀初めに好山園と呼ばれる庭であった。１８６０年にアヘン戦争で英仏連合軍によって破壊され、１８８８年から西太后《せいたいごう》※が巨費を投じて再建させ名称を頤和園と改名した。

頤和園で語っておきたい石語りがある。

杭州の西湖の蘇堤を模して、西堤を負けず劣らずとつくった昆明湖の眺めは中々のものである。冬の旅では凍てついた湖上はソリやスケートの遊び場となっていた。ポリスマンが来て危険だから滑ってはいけないと何回も注意をしていたが、湖上の若者たちはどこ吹く風である。

この昆明湖の西端の水際に設けられた大理石製の船は石舫《せきぼう》（清晏舫《せいあんぼう》）と呼ばれ、全長は約36ｍある。舫とは庭園内に造られた船のことを指す。湖中には三つの神仏蓬莱思想の中の島があり、この蓬萊島へと向かう宝船を表しているという。

大理石の石舫は絶対に沈まない清王朝に例えて乾隆帝が造らせた船であった。ところが、1860年の第二次アヘン戦争で英仏連合軍によって、頤和園は破壊されてしまった。やがてこの庭園は清朝末の実権を握った西太后によって修復された。この石舫も二階部分が壊されていたので西洋風のアーチのある石造建築に改築した。白い石に青や赤の草花や唐草の装飾を施し、ステンドグラスや洋風の手摺《てす》りなど妖しい異国情緒の美をかもし出した。船体に外車（石輪）も新たにつくらせた。

以前は船中に入れたらしいが、私が訪ねた時は既に乗船禁止となっていた。

私は一日のしめくくりとして、この石舫や湖上で遊ぶ人たちを長い間眺めていた。やがて、夕日がこの船を照らし、何とステンドグラスが色鮮やかに光り輝き、蓬萊の国へと向かう宝船となった。私はシャッターを何回か押して旅の記念写真とした。（※口絵参照　石舫二景）

西太后（1835〜1908年）西太后は18歳のときに秀女に選ばれて後宮に入ると、咸豊帝が逝去すると、わずか6歳だった実子を同治帝として即位させる。慈禧太后となり、先帝の皇后の慈安太后が東太后といわれたのに対して西太后として皇帝の背後で政治を司る垂簾政治を始めた。軍費を流用して再建した頤和園は晩年を過ごしたところで、贔屓の役者を呼んでの京劇鑑賞や盛大な宴などが連日のように催されたといわれる。

早くホテルまで帰り何かあたたかくて、おいしい物を食べたいと思う。ところがバスは長蛇の列で中々帰れそうにない。仕方がないのでタクシーを拾いホテル近くまで帰ることにした。ボロのタクシーで、連れ合いは「ボラレナイカ」と料金を払うまでハラハラ心配していたのを懐しく思い出している。

お腹がすいてきた。今晩は羊のしゃぶしゃぶ・涮羊肉《シュアンシャンロウ》を賞味しよう。昨晩は北京烤鴨《カオヤー》（ペキンダック）を賞味した。一匹丸ごと出てきて一テーブルの人にうまく切り分けてくれる。全聚徳《チュアンジュードゥー》（ぜんしゅとく）は名門店で外人客もかなり多い。紹興酒をたのんだら瓶ごとあたためてテーブルに持ってきた。二～三杯しか飲めないので、周りの日本人に振舞酒をした。

涮羊肉の店は何処にいったか思い出せない。多分有名店ではないことは確かだ。有名店は北京の銀座といわれる王府井《ワンフーチン》大街にある東来順飯荘《とうらいじゅんはんそう》が老舗でチェーン店はすでに100店をこえている。ペキンダックと羊のしゃぶしゃぶは北京の人たちが好む二大料理だ。元の時代、遊牧民のモンゴル人たちが入域してから北京は発展を遂げ、羊肉は内モンゴルから運ばれてきて臭味はない。牛の焼肉と同じで部位で注文して皿に肉片が盛られて出てくる。

（四）円明園―破壊されたままに

私の勤務先だった㈱帝国電機製作所（東証一部上場）の社友で親友に清水広さんがいた。彼は日中戦争の戦災孤児であったが、会社の大連進出によりグループ会社の部長に抜擢された男で山崎豊子の『大地の子』の陸一心を彷彿させる。かつて彼は大連市の旅順口区に住んで印鑑彫りをしたり、電機商品の会社に勤めて中国各地をあちこち営業で飛び廻っていた。

彼がいつもの通りオチヤマさんと最初に言って、こんな話をしていたのを思い出している。

「オチヤマさん。本部長は中国のあちこちを見物したいようだが、私が印象に残っている所といえば北京の円明園と雲南省の石林がありますよ。円明園はいいところと思って行ったら、何と戦争でいい物はこれでもか、これでもかとポカポカ壊されそのままにしてあるんだよ。何ともいえない、いやーな気持ちになったよ。石林は奇妙な形をした岩が林のようで何だか石の森に迷いこんだみたいだった」

ここ円明園は北京市北西にある。かつての清王朝の離宮跡。清王朝の皇帝、雍正帝《ようせいてい》の命によって造営が始まり、以降5代もの皇帝らが池、運河、森、建造物を造って150年の歳月をかけ完成した庭園である。当時は周囲20㎞ほどの広さがあり三山公園もある大規模な庭園だった。

園内にはフランスのベルサイユ宮殿を模した西洋楼があり一番の見所は大理石で造られた噴水の大水法である。水法とは中国では人工の噴水を呼称する。石柱が林立する観水法は乾隆帝がここから噴水を鑑賞して御満悦だったという。背後のレリーフは十二支が彫られている。中国を訪れていたイエズス会の宣教師たちも設計に参加し、バロック様式と中国様式を融和した壮麗極まりない西洋楼であった。(※口絵参照　円明園遺跡)

ところが、アロー戦争（第二次アヘン戦争）によって殆どの庭園建造物は廃墟と化した。建物の破壊以外に内部にあった黄金や宝石、書画、骨董の類が兵士たちによって持ち去られてしまった。乾隆帝の歴史的大事業のひとつとして編纂された『四庫全書』もこのとき消失している。

三つもあった大庭園も今では円明園だけが歴史の証拠として残存し、中国が受けた悔しさを永遠に残そうとしている。その廃墟の姿には滅びの美は微塵も感じられず、虚《むな》しさがひしひしと胸に迫ってくる。

因に第二次阿片《アヘン》戦争と呼ばれるアロー戦争はアローという英国籍の船が、中国で臨見を受けた事件をきっかけとして勃発したもので、円明園が破壊されたのはこの戦争の末期である。略奪の後は放火があり三日三晩燃え続け、炎は遠く離れた故宮からも見えたという。徹底した破壊は清王朝の権威失墜を狙った英仏両国の意図的な工作であった。アヘンは危険な薬物である。未熟な芥子《ケシ》の実から採取される乳液を乾燥させたもので、いわゆる麻薬である。吸うと朦朧《もうろう》とした世界にひたることができるが、つかの間で又、吸いたくなり中毒症状となる。当然、今の世アヘンの販売は禁止されている。

阿片《アヘン》戦争が起きたのは次のような事情からである。

イギリスは植民地・インドで製造したアヘンを清に輸出して巨額の利益を得ていた。アヘン中毒の蔓延に危機感をつのらせた清国に林則徐《りんそくじょ》※があらわれ全面禁輸を断行し、イギリス商人の保有するアヘンを没収・焼却したため反発したイギリスとの間で戦争となった。この第一次アヘン戦争はイギリスの勝利に終り、１８４２年に南京条約が締結され、イギリスへの香港の割譲等、清国にとって不平等条約となった。

アヘンは、古くは古代ギリシャや中国の三国時代に用いられていたが、あくまでも鎮痛剤や睡眠薬（睡眠導入剤）として薬としての使用であった。現在でもアヘン（モルヒネ）は有用な医薬品として使用されている場合もあるという。麻薬はモルヒネ・ヒロイン・コカイン・ヒロポン等の覚醒《かくせい》剤も含めて各国で使用は法律で禁止されている。そう言えば、ヒロインも咳薬として用いられていた。素晴らしい薬だったのでヒーロー（英雄）の語源になっている。ヒロインは依存性が強いので医薬品として認められていない。一般に〝毒と薬は紙一重《ひとえ》〟と言われるが、こんな所から言われだしたのかもしれない。

本年（2019年）8月、アメリカで社会問題になっていた「オピオイド」の中毒問題に米地裁は大手製薬会社のJ&Jに制裁金を支払うよう命じる判決を出した。類似の訴訟は2000件以上も起こされている。「オピオイド」とは植物のケシから生成され、麻薬性鎮痛薬やそれと同様の作用を示す合成鎮痛薬の総称。

戦争は理不尽な事から起こり、国民の幸せを奪う危険きわまりない出来事だが、悲しいかな今の世でも地球上のあちこちで繰り返し戦争をしている。負けてはならじと強国は莫大な軍事費を国家予算に投じている。

人間的に優秀な人がいくら声を大にして戦争反対、核兵器廃絶を叫んでも聞く耳を持たないのが常である。聞く耳を持つと国が弱小化するのは目に見えているからだ。「人間は万物の霊長」と言われているが愚かな一面もある。

中国当局は2008年から200億元かけて円明園の復興工事を進めている。最大の見所である西洋楼の大水法をはじめ、正覚寺の再建や長春園の宮門その他5個所あるという。かつて芸術家たちの間では「ギリシャはパルテノン神殿、エジプトにはピラミッド、ローマにはコロッセウム、フランスにはノートルダム大聖堂、東洋には円明園あり」と言われていた時代もあった。

中国も富める大国になったのだから、いつまでも過去の恨みに固執せず、堂々と円明園を始め三山公園を復興させる日がくるのを私は心待ちしている。長い間北京に行っていないので今頃、復興は完了しているかもしれない。

林則徐　福建の人。清国の政治家。阿片禁止論を首唱した。広東でイギリス人の持ち込んだアヘンを焼き棄てアヘン戦争の端を開いた。一時伊犁《イリ》に追放されていた。

（五）天壇《てんだん》公園の石

北京の地図を広げると、故宮を中心にして東西南北に月壇、日壇、地壇、天壇の公園が配置されていることに気がつく。壇とは皇帝が祈祷するところで、天壇公園は故宮博物院の約三倍、283万㎡の広大さである。

祈年殿の石

祈年殿の建物は円形の木造建造物で三層の大理石の壇上に立ち、高さ38ｍ、直径30ｍある。天を突く急な角度の円錐形の屋根は見ごたえのあるユニークな物で観光客の目を楽しませている。ここは豊作を祈願した所で、内部は四季を象徴した4本の柱をはじめ、周囲の12体の金柱は十二支十干を象徴している。祈年殿の内の中心に、自然の龍文が浮き出た龍鳳呈祥石がある。（※口絵参照　祈年殿）

三音石

皇穹宇《こうきゅうう》の前に三音石がある。１個目の石のところで手で叩くとひとつ、２個目の石で叩くと二つ、３個目で叩くと三つの反響が返ってくる。

それぞれの長さは４・２ｍ、幅２・２ｍで一番上に龍、次が鳳凰、下に雲が彫ってある。

天心石

園丘壇には天心石がある。

明、清代には、毎年冬至の日に斎宮で身を清めた皇帝が、ここに立って天上にその年起きた重要事件を天帝に報告した。

天心石の地点で話すと、自分の声が反響してはっきり聞えるから不思議である。

七星石

天壇公園を散歩すると柏などさまざまな樹木が根づいている。皇帝の禁領区だったため庶民は樹木の上にかすかに見える祈年殿を遠くから眺めるだけだった。

この公園に七星石がある。

伝説では天から落ちてきた隕石で北斗七星だという。七星石は1530年頃に人口的に置かれたもので嘉靖帝が信じていた道教の道士は祈年殿の風水を表現しているといい、また別の説では天然現象を表現したものとされている。

いずれにせよ人造石物であり、石の表面には加工された雲状の模様が刻まれている。

天壇公園に天気がよいと地書家《ディーシュー》を目にする。石板の路上に墨でなく水を使って書く。水で書くから跡を残さない。中々の達筆である。手を鵞鳥《がちょう》の首のようにくにゃくにゃと自由自在に動かして書いている。

私は「何か紙に一筆書いてほしい」とお願いした。

「紙の書は姿をこの世に残す。〝上善は水の如し〟で水跡はこの世に残さないからよいのだ」

残念そうな私の様子をみて一筆路上に書いてもらった。
〝色即是空〟この世の形あるものすべて消えゆく定めにある。

《北京の思い出》

故宮といい天壇公園といい皇帝の権威は絶大なものであったことが、この二箇所を観るだけでもよくわかる。

今の中国社会は皇室を完全に否定している。かつて私の勤務先だった会社が大連にグループ会社をつくろうとして役所に届けに行った時のことである。

「大連帝国キャンドモータポンプ有限公司」（大连帝国屏蔽电泵有限公司）の会社名の帝国は使えないと変更を強く要請された。

中国で育った日中戦争の残留孤児、清水広さんは役所の幹部を前にして熱弁をふるったという。

「日本で伝統のある帝国電機の社名の文字を譲り受けているのだ。そんな狭い考え方では日本の企業を誘致できませんよ。

それから、北京の繁華街・王府井《ワンフーチン》にしても今の世、由緒ある地名だから王が残っているでしょう。よくよく考えてみて下さいよ」

勿論、甲高い中国語で相手方をまくしたてたにちがいない。滅多に自慢しない彼が、こんな裏話を私にしてくれたのは昨日のように思える。

今日もあちこちジャランジャラン（ぶらぶら歩き）をした。宿泊先の「北京飯店」に帰り、早く一休みしたいと思って地下道に入った。

北京の秋は物悲しくやけに淋しい。まして地下道に入ると人通りも少なく、明かりは、ぼんやりして薄気味悪い。思えばこの北京は幾多の戦争や革命もあった。歴史の中にこの土地が登場してから既に三千年以上が経っている。私は足が疲れたのでボロボロの木の椅子に腰かけて一休みしていたら少し眠気をもよおしてきた。

三千年間の亡霊たちが次々と現われては消え、消えては現れ、私を亡霊の世界に連れていこうとするのだった。亡霊たちは何か叫びながら苦しそうに顔をゆがめ、青白い光を放っている。シマッタ！　エライコッチャ！

早く日本のわが家に帰って、いつものようにのんびりした生活をしたい。早く帰りたい。早く帰らなければ！　何とか、このどろどろした所から抜け出したいと、いつのまにか「助けてくれ！」と叫んでいた。

その時だ。私の肩をポンポンと叩いてくれた優しそうなお爺さんがいた。遠くから二胡《にこ》（中国の擦弦楽器）の哀愁を帯びた美しい音色が聞こえてきた。ハッと気づき吾にかえっていた。冷や汗をかき少し身体が濡れているようだった。

二胡の音色に向かって再び歩きだした。二胡を弾いているのは盲人の物乞いの人だった。しばらくの間、立ち止まり音色に聞きほれていた。彼の前には缶が置いてあり、少しばかりの小銭が入っていた。私もポケットより残り金を出し缶に投げ入れた。もし私の肩を叩いてくれる人がいなかったら私はまだ眠りの中だったかもしれないのだ。やれやれと思いながらホテルへと帰ってきた。「北京飯店」の中はいつものように人々で賑わっていた。

秋深し盲人の弾く二胡の音

IV 蘇州ぶらり旅

（一）蘇州（そしゅう）の街と日本人

「天に極楽あれば、地に蘇州・杭州あり」と言われる景勝地。水路が多く、水の都といわれ、別名「東洋のヴェニス」と呼ばれている。

この地は春秋時代に呉の都が置かれ、２５００年もの長い歴史がある。呉と越は絶えず戦いを起こし「臥薪嘗胆《がしんしょうたん》」や「呉越同舟《ごえつどうしゅう》」の言葉を生む舞台となった。古くから絹織物の産地として経済的に裕福な街であった。

時は流れ、往時、漁村であった上海の方に徐々に人口が増えていった。そして木綿の普及もあって蘇州の絹織物の生産は落ちこんでいった。やがてアヘン戦争の結果、上海の港が開放され、一躍、上海が国際都市として脚光を浴び出した。今の世、上海と蘇州は新幹線でわずか30分の所要時間となっている。

古くから日本人は蘇州の名をよく知っている。今日では大阪府の池田市と姉妹都市になっている。池田市は日本での絹織物発祥の地とされている。むかし、呉の国から四人の織女がきて、この地で絹織物を織ったと伝えられている。呉羽《くれは》神社という古社があり、銘酒に「呉春」という地酒もあり愛飲家に親しまれている。

昭和15年（1940）に作られた「蘇州夜曲」が21世紀まで歌い継がれている。映画「支那の夜」の劇中歌として誕生し、当時日本の占領下であった各国でも公開され人気を博した。映画は李香蘭《リコウラン》（山口淑子）と二枚目スター長谷川一夫が共演し、劇中歌として李香蘭が歌っている。同年8月に渡辺はまこ・霧島昇歌唱で、コロムビアからレコードが発売された。

蘇州夜曲

君がみ胸に抱かれてきくは
夢の船唄　鳥の唄
水の蘇州の花散る春を
惜しむか柳が　すすり泣く

西條八十　作詞
服部良一　作曲

日本歌謡史屈指のバラードといわれている。何故か、歌詞が鳥の唄が恋の唄となってうたわれている。

さらに、蘇州の名が日本人に広く知れ渡ったのは、唐詩に張継《ちょうけい》の「楓橋夜泊《ふうきょうやはく》」があるからだ。

月落ち烏《からす》啼《な》いて霜天に満つ
江楓《こうふう》、漁火、愁眠に対す
姑蘇《こそ》城外寒山寺
夜半の鐘声《しょうせい》、客船に到《いた》る

江楓　川辺の風　愁眠　浅い眠り
姑蘇　蘇州の古名。隋の初め頃まで蘇州は姑蘇と呼ばれていた

日本人が昔から愛読した『唐詩選』のなかに入っている。

寒山寺の鐘の音に目を覚まし、川辺の情景を詠んだ不朽の名作。

最近では蘇州や近くの無錫《むしゃく》の都市で日本企業等の進出が盛んでグループ会社や合弁企業の製造業が多くできて中国駐在員の数は増加傾向にある。

（二）庭園と太湖石《たいこせき》

蘇州の城内には庭園がたくさんある。中でも明代の拙政園《せっせいえん》と清代の留園《りゅうえん》が代表的でこの二つが中国四大名園の中に入っている。中国の四大名園として北京の頤和園《いわえん》、承徳の避暑山荘が入っている。蘇州の庭園として古い滄浪亭《そうろうてい》や獅子林等数多くある。獅子林は園内に多孔質の獅子の形をした太湖石の奇岩がところ狭しと配置されている。

拙政園は官僚を辞した王献臣が「拙《まず》い政治を愚か者がやっているわい。俺は庭園でも眺めて余世をおくろうとするか」と、言って後世に残る名園をつくった。拙政園の名の由来はいろいろあるが、私は単純な言葉で語っている。拙政園とは味わいのある言葉だ。造園の主眼は水池、築山、建築物の三者でよく調和されている。（※口絵参照　拙政園）

留園は清代の建築様式を今に残し、楼閣が建つ東園、自然の風景に近い西園、池を中心とした中園、田園風景を再現した北園がある。総面積は約2万㎡。園内の長い回廊の壁には歴代の有名な書家の墨跡が掛けられ、回廊には花窓と呼ばれる透かし彫りの窓が数多くあり同じ物は一つもない。

中国の名園には必ず太湖石が置いてある。中国人のこの石への思い入れは相当に強いものがある。太湖石なくしては庭園は成り立たないと言っても過言ではない。

太湖石は蘇州のすぐ近くにある大きな湖、太湖の底から引き揚げられたり近くの島にあった奇岩で、白くて大きく、形が変っている物が最上級とされる。ここ留園には「冠雲峰」と呼ぶ高さ6・5mの名石があり、中国三大湖石のひとつに数えられている。（※口絵参照　留園・冠雲峰と筆者）

私が最初に太湖石を見た印象は「これは中国人と日本人の石に対する文化の違いなのか」と思わずつぶやいた。太湖の底に眠っていたというロマンを多少は感じたが、何か私には馴染《なじ》めなかった。庭園を訪れている日本人の何人かにも聞いたが、「さあね……」とか「私の好みじゃないわ」と言って言葉を濁していた人が多かった。極端な言い方をした人は「コンクリートをボタボタ落してボツボツと穴を開けたような歪《いびつ》なものが何でいいのか、ようわからん」と、きつい言い方をした人もあった。

石をこよなく愛する私は何回かの庭園めぐりをしている内に、目も慣れてきて次のように思うようになった。

長い間じーっと太湖石を眺めていると、その姿がいろいろな動物に見えたり、嘴《くちばし》がとがった鳥のお化けや、悪魔に見えたりして、何だかお伽《とぎ》の国に引き込まれていくようだった。

留園の太湖石

(三) 盤門《パンメン》(ばんもん)

私は「江南の旅」は近くて手頃な料金のため、現役の頃からしばしば出かけていた。蘇州の街は四大庭園を初め、虎丘(こきゅう)、寒山寺や刺繍《ししゅう》研究所等全てを見学したつもりだったが、盤門だけが何故か残っていた。最初の頃、売店で買った木版画の「盤門と石橋の絵」を眺めている内にもう一度足を運ぼうと思うようになった。(※口絵参照　盤門と石橋の絵)

仲良し囲碁仲間を三人誘って又又、「江南の旅」に出かけた。自由時間にぜひ盤門に行こうと思っていたら、幸いなことに「オプションの運河巡りに組み込まれているからそれで行きましょう」とガイドは言った。

盤門は現存する唯一の蘇州城の城門である。かつて古城には8つの城門があり、それぞれ名称がついていた。創建は紀元前514年と古いが、元代の1351年に改修されたものが現存している。この門は運河と城壁を組み合わせた造りになっている。明代に大々的に補修されており、城壁の高さは約9mもある。

蘇州城の外側には大運河が流れ、内側にも内濠《うちぼり》というべき運河が流れている。その内濠の内側に沿ってかつては菜園がながながと緑の畝《うね》をつくっていた。籠城の時に兵や民に野菜を提供するためのものだった。今はこの地は大きな公園や民家が立っている。

私たち四人とガイドは舟頭が櫓《ろ》でこぐ小舟に乗ってゆるゆると盤門のある西に向っている。蘇州の民家は漆喰《しっくい》の白い壁がうす汚れ所々にしみもあり、屋根は薄い黒瓦でふかれ、運河には所々に石橋が架かり、何かしら心休まる落ちついた街である。

そんなことを思いながら舟に乗っていると、舟頭が絵はがきを買ってくれ！　と言う。別に今更、買う必要がないと思ったが、チップ代りと思って買った。この街には物乞いもいないし、しつこい物売りもいないようだし、この街で暮らす人々は中国でもレベルは高いようだ。運河巡りを案内する舟は大小さまざま、形もさまざまで、この仕事で生計をたてている人は結構多いようだ。

私たちは舟を降りて、形のいい石橋を歩いて盤門に近づいている。この石橋が絵の中にあった橋かと思うと、少年のように心が浮き浮きとして嬉しかった。元の時代に中国を歩いたマルコポーロは『東方見聞録』の中で「この都市には六千の石橋がある」と書いているが、これは誇張で実際は何百橋かはあるだろう。
唐代は木橋であったが、やがて宋代から石橋へと変っていったと言われている。

私たちは石橋を渡り盤門を覗き見したり、その辺りを散策していた。ビールを飲んだ夕食の後とて、四人とも小便をもよおした。大きな公園では夕方とはいえ、大勢の子供たちが遊んでいた。私は公園にはトイレがあるはずだと思って、そちらに行こうとしていたらガイドがやってきて「トイレはないから、その辺の隅の方で……」という。旅仲間の一人が「トイレも作らず公園の木々に肥料をやれということか」と冗談を言ってみんなを笑わせた。

城壁も城門も赤味を帯びた花崗岩の石塁で造られ、とくに城門を造っている切石は方形に切られ、きちんとした形で積まれている。アーチ型の城門のトンネルの両側にはタテに深く凹《へこみ》がある。非常時には扉でなく巨大な一枚板の花崗岩の大石をもって上から落すのである。今では石ぶたを落す装置の木製部は朽ちて、それを支えていた石造りの支柱のみが残っている。

姑蘇の城が築かれたのは古く紀元前の春秋時代の頃である。

呉王夫差は越に勝ちを治め、大宮殿を築きここで長夜の宴を開き、越から贈られた中国史上の四大美女の一人、西施《せいし》を愛し人民の苦しみを忘れてしまった。築城に当って有名な伍子胥《ごしょ》が指揮をとっていた。伍子胥は再三にわたって王に忠言をしたが、聞き入れられず挙句のはて殺されることになった。

伍子胥は死ぬ前に呉の亡国を予見した。

「わが墓に梓《あずさ》を植え、呉王の棺がつくれるようにせよ。わが眼をえぐって呉の東門にかけ、越軍が進攻して呉をほろぼすのが見えるようにせよ」と言い残した。

伝説によると、遺言通り墓はつくられ目玉も城門にかけられた。ところが、越の兵が押し寄せてくるだろうと指定されていた東門ではなく、方角ちがいの西門である盤門にかけられたという。

伍子胥の予言通り呉は越に滅ぼされた。その越も戦国時代には楚の国に滅ぼされ歴史はすすんでいくのである。

唐の李白は荒れはてた姑蘇台の遺跡を訪ね七言絶句の詩を詠んでいる。

蘇台覧古

旧苑《きゅうえん》、荒台、楊柳《ようりゅう》新たなり
菱歌《りょうか》の清唱、春に勝《た》えず
只今、唯《ただ》有り、西江の月
曾《かつ》て照らす呉王宮裏の人

菱歌　菱《ひし》の実を摘むときにうたう民歌。中国人はひしの実をお粥等に入れてよく食べる。
呉王宮裏　美女西施を指す。

この詩は単なる懐古でなく、歴史の教訓を暗示している。

（四）宝帯橋《ほうたいきょう》

北京と杭州を結ぶ京杭大運河に架かる全長３１７m幅４・１mの橋。唐代に造られ、アーチ型の橋孔が53個もある中国最長の石橋である。花崗岩の巧みな石組で実用的で美しさもある。

唐代以前は木製の橋で洪水が起こる毎に何回も流れてしまい、ここの住民にとっては悩みの種だった。

唐代になって地方長官が官服の玉帯を売って資金をつくったことからこの名がついたといわれている。勿論、資金の一部で蘇州に住む富豪家たちより寄付金が集められた。

かつて、この宝帯橋の橋上から運河をさかのぼる船を曳っぱっていたので橋の上は平坦になっている。清の時代になって原型を重んじた大規模の補修工事が行なわれた。

蘇州城外では盤門と宝帯橋がユネスコ世界遺産に登録されている。（※口絵参照　宝帯橋）

《天下第一橋について》

私が見た石橋の中で書き加えておきたい橋がある。その橋は蘇州でなく、北京でもなく河北省南部の石家荘にある。世界橋梁史上、有名で「天下第一橋」として名高い「趙州橋《ちょうしゅうきょう》」である。

趙州橋は石家荘から46㎞離れた趙県南郊外2・5㎞の所にある。安済橋や大石橋とも呼ばれ、現在では中国の国家重要保護文化財に指定されている。

この橋は7世紀初め（隋の大業年間）に名工・李春によって建築された。全長64・4ｍ、幅9・6ｍのアーチ型石橋で欄干には隋代様式の彫刻が施されている。完成から1400年ほど経っているが、その間10回の水害、8回の戦乱に耐えぬいた。1966年邢台（40㎞ほど離れた町）で発生した震度7・6の地震でも、びくともしなかったそうだ。

（※口絵参照　天下第一橋・趙州橋）

V

雲貴高原　石を訪ねて

雲貴高原

雲南省と貴州省にまたがっているこの高原は両省の頭文字をとって雲貴高原と呼んでいる。そこは少数民族のメッカであり、お互い争いもせずのんびり平和に暮らしている。

因に中国の少数民族は40族以上もあり、人口の多いベスト10は壮《チワン》族、満《マン》族、回《ホイ》族、苗《ミャオ》族、維吾爾《ウイグル》族、彝《イ》族、土家《トウチャ》族、蒙古《モンゴル》族、蔵《チベット》族、布依《ブイ》族である。そしてこの雲貴高原には苗族、布依族、白《ペー》族、納西《ナシ》族等14の少数民族が暮らしている。苗と書いてミャオは猫がミャオミャオと鳴くので猫の字になったのだろうか。

今回の旅はスルーザガイドは漢人であったが、貴陽はブイ族、大里はペー族、そして麗江《れいこう》にはナシ族の女性がガイドをしてくれた。みんなは美人で笑顔がとてもよい人たちだった。彼女たちの仕事ぶりは親切であたたかみがあった。

昆明と貴陽は空路一時間で結ばれている。日本人観光客は昆明空港までは大勢やってくるが貴陽までは足を伸ばさない。最近は、貴陽まで成田、関西国際空港より直行便がでるようになっている。

省都・貴陽

貴陽の貴とは珍しいとか少ないの意味があり、太陽が顔を出すのが珍しいのである。どんより曇った天気が多い土地柄であり、お隣りの四川省に「蜀犬、日に吠ゆ」の言葉があるが、この地の犬も太陽が顔を出すと一斉に吠えだすという。

とにかく雲貴高原は「天に三日の晴れなく、地に三里の平地なく、人に三分の銀なし」と言われている。そんな話をすると、「我也銭没有《ウォイエチェンメイヨウ》、(私もお金はありません)」と少し小声でガイドは笑いながら言った。

一部の人たちを除いて貧乏な生活をしている人が圧倒的に多いようだ。しかしながら心の満足である幸福度はわが国よりも、うーんと高い。お金のある生活が必ずしも幸福度を高めているとは言えない。

本日は市内見物をして明日は郊外に出るという。市内では甲秀楼が観光の目玉である。甲秀楼はその昔、南明河に大亀に似た形の巨岩があり、人々は亀の岸と呼んでいた。ある年、そこに堤防を作り南岸と結び楼を建て「甲秀楼」という名をつけた。甲秀とは科挙によい成績を取るという意味からつけられている。

その後何度か修復、増築があり、やがて観音寺、翠微閣も建ち河中に浮かぶ水中楼閣として市民憩いの場になっている。

瀑布《ばくふ》と石の村

貴陽から西に160㎞ほど車で走ると、そこにはブイ族ミャオ族自治区がある。車窓より山々を削って造られた美しい棚田が見え、そこでコツコツと田を耕すミァオ族、ブイ族、トン族、イ族などの少数民族の暮らしぶりが見うけられた。

黄果樹村にはたくさんの滝がある。険しい山と谷が連なる貴陽の郊外は水が豊かでごう音を立ててあちこちで滝が流れ落ちている。

白水河は黄果樹村で九段の瀑布《ばくふ》（大きな滝）をつくる。この瀑布は高さ81ｍ、幅74ｍもありアジアで一番を誇っている。日本の代表的な滝と比べて高さはそれ程でもないが滝幅が断然広いのには驚く。それに何と言っても水嵩《みずかさ》が多い。

貴州省は中国でも貧しい辺境の一つで、多くの少数民族が暮らしている。石の村で暮らすブイ族の人口はあちこちに255万人ぐらい点在しており、その中の一村を訪ねてみよう。村の入口にはガジュマルの大木が神樹のようにそびえていた。標識には「滑石哨村」と書いてある。ここに限らず貴州の多くの村は石の文化の上に成り立っている。「石頭房」といって壁も屋根も石を使った家に住む。カルストの大地で土地が狭く木も少ない。その狭い土地にトウモロコシを植えて暮らしをたてている。ヒマラヤの造山運動のとき、隆起した石灰岩の地形が雨水に溶食されて、このような大地になったと言われている。

家の屋根は粘板岩でふかれ、壁、窓すべて石造りである。家々の塀《へい》や村の道、橋等も全てが石で造られており、これは世にも珍しいオール石造りの村であった。

石の村

名酒・茅台酒《マオタイジュ》

貴州省といえば独特の香りが持ち味の名酒茅台酒の産地である。この雲貴高原にすり鉢の

ような盆地があり、茅台鎮《チン》（村）があり、従業員は四千人、生産量は年間４０００トンをこすというからすごい。高粱《コウリャン》を原料に造られる白酒《パイジュ》の一種でアルコール度数は53°～55°で８回蒸留して３年間寝かせるという丹念さもおいしさの秘密だ。ここの土と風が味の旨みと香りの秘密だという。栓をあけ部屋で飲むと部屋中に茅台酒の香りが立ちこめる。

私は小型のビンを買ってお土産として何人かに差し上げたが、話の種になるぐらいで、これが旨いという酒飲みは二人ぐらいだった。先程ビンと書いたが容器はガラス製でなく、白い碍子製に赤味を帯びたレッテルに「貴州茅台酒」と書かれている。

工場の製造工程は社外秘になっていた。因に「貴州茅台酒」は今では高級酒となり中国でも品薄で手に入りにくく、わが国では、滅多にお目にかかれない。

映画「単騎千里を走る」

ここで雲南高原を舞台にして、張芸謀《チャンイーモウ》監督と彼が尊敬してやまない高倉健との長年の友情で結ばれた映画を紹介しておこう。（※口絵「単騎千里を走る」映画パンフレット）

「単騎千里を走る」はこの映画にでてくる仮面劇※の題である。

『三国志演義』にある話で人情味のある男、関羽にまつわる物語である。関羽が一時仕えていた曹操のもとを出奔《しゅっぽん》して旧主の劉備のもとへ帰った故事からの仮面劇である。

この仮面劇を雲貴高原の奥深い村で撮ろうと民族学者の高田健一（中井貴一）は長年の夢として企画していたが、病で倒れ、病床にあって余命いくばくもないといわれている。この息子の悲願を達成してやろうと父、高田剛一（高倉健）は、長年疎遠になっていた息子にもう一度近づき、二人の仲をやり直したいと思いたった。

健一の嫁・理恵（寺島しのぶ）の制止を振り切り言葉もわからないのに単身、麗江に訪れ、そこから奥地へと向っていくのである。主人公と現地の人々の心の触れ合いが、美しい風景をバックにすすんでいく。

興味ある方はこの名作をぜひ味わってほしい。私は封切りを待って映画館に足を運んだ。張芸謀は雲南で何度も映画を撮っている。空気が透明で天からの陽が矢の束のように周囲の山に当たり、刻々と移り変わるシーンがどの作品にも見受けられる。

仮面劇　木や土、紙で種々の顔をつくった仮面をかぶって行う演劇。中国の仮面劇は雲南省が有名である。古代のギリシア劇やわが国の里神楽・能の類。

大里《だいり》古城を歩く

再び旅の話に戻そう。

今度は雲南省の地に拡がる雲貴高原の大里、麗江を訪ね、そして玉龍雪山がよく見える麓まで行ってみよう。

大里は唐代は南詔国、宋代は大里国として栄えた都であった。瓦屋根の町並みと城壁が古都の風情を感じさせる。人口の半分以上を白族《ペー》が占め、文字通り白色の服装が基調。白い服を好むからペー族の名が出た。ペー族以外にもイ族、ホイ族、リス族、ナシ族なども暮らしている。

大里の郊外の細い水路のあちこちで、藍の絞り染めが行なわれている。五百年も昔、白い服を着て山へ行ったところ、板藍根の葉に触れて服が青く染まった。それが藍染めのヒントになったようだ。

藍染め作業を見学し、そこのお店に立寄っている。孫の子守りをするおばあさんと連れ合いは世間話に花を咲かせている。「写真を撮ってもいいですか」と聞くと「いいよ」と言っ

たのでシャッターを押した。（※口絵参照　藍染めの店にて）

大里古城の西北１㎞の地は、東に耳の形の湖、洱海《アルハイ》が青き色をたたえ、西には３０００m級の屏風《びょうぶ》のような蒼山《ツァンシャン》が連なり短冊形の平地を形どっている。山麓には１０００年以上も前の崇聖寺三塔《すうせいじさんとう》が天にそびえている。寺は清の時代に火災で破壊焼失している。９世紀から10世紀の南昭・大理国の時代に造られた三塔は、レンガで出来ており、その上を白泥で覆っている。主塔の千尋塔は高さ69ｍで四角形をしており16層からなる。各層の各面中央には仏龕《ぶつがん》があり白い大理石の仏像が鎮座している。

私のうろ覚えの知識で大理石と言えば、この雲南省の大理から名前がついていると思い有名な崇聖寺三塔は大理石でできていると勘ちがいをしていた。「母（石）を訪ねて三千里」がようやく目的地についたが、違った母だったたような気分でがっくりした。

調べてみると、大理石の産地は雲南省大理府にちなみ今でも大理石の産地である。大昔は大理石の石塔もあった可能性があると私は推測する。この地も戦乱の世が続いた時もあるので焼失したかもしれない。

仏龕　仏像・名号を入れる厨子。仏壇。

大理石は石灰岩が変質して結晶した岩石。普通は白色で、美しい斑文《はんもん》がある。建築、彫刻、装飾などに使われている。塔の仏龕の仏像は確かに大理石製と言われているが目で確認できなかった。

西洋ではイタリア産が有名でmarble《マーブル》と呼ばれている。

仏塔として長安（現在の西安）の慈恩寺境内にある大雁塔が有名であるが、美しさの点ではこの千尋塔がNO・1である。わが国では塔と言えば木造建築で優美さは世界一であると私は思う。朝鮮半島では石塔が200基以上もあり、これ又、優美である。日・韓・中の塔はそれぞれに特徴があり、それぞれが美しいのだ。

亀井勝一郎は「塔について」、こんな名文を残している。〝塔は幸福の象徴である。悲しみの極みに、仏の悲心の与える悦びの頌歌であると云つてもいゝ。金堂や講堂はどれほど雄大であっても、それは地に伏す姿を与へられてゐる。その下で人間は自己の苦悩を訴へ、且つ祈った。生死の悲哀は、地に伏すごとく建てられた伽藍の裡にみちてゐるであらう。しかし塔だけは、天に向ってのびやかにそゝり立つてゐる。悲しみの合掌をしつゝも、つひに天上を仰いで、無限の虚空に思ひを馳せざるをえないやうに出来あがってゐるのだ。人生苦のすべては金堂と講堂に委ねて、塔のみは一切忘却の果に、ひたすら我々を天上に誘ふごとく見える。しかも塔の底には仏の骨が埋められてあるのだ。〃（※参考図書一覧「私の美術遍歴」）

私たちは城壁で囲まれた大里古城の街中や郊外の美しい三塔をペー族の娘さんに案内してもらった。赤、青、黄、藍など、原色の糸で刺繍した白の民族服に身をつつんでいた。ガイドの娘さんに「恋人はいるの？」と聞くと「あと一ヶ月すれば結婚式を挙げます」と言っていた。「恭喜《コンシ》、恭喜《コンシ》！（おめでとう）」とお祝いの言葉を言ってから思い出の写真の中に入ってもらった。（※口絵写真　崇聖寺塔の前にて・白族の美人と）

玉龍雪山を訪ねて

ホテルで朝食をすませ、本日は5596mの玉龍雪山の観光に出かける。玉龍雪山は麗江のシンボル的存在で納西《ナシ》族の神々が暮らす山といわれている。

リフト乗り場までは八人乗りのジープで悪路の山道を走り続けた。一つ運転を間違えば谷底につき落とされるような崖が続いている。大木が道を塞いでいたり、大きな石が道の真中に転がっていたりして、運転手もガイドも一苦労も二苦労もしていた。

ようやくリフト乗り場に到着した。ここは3500mぐらいの標高だろうか。

高原がひろがっており、ヤッホー、ヤッホーのかけ声とともに何頭かの馬が駆けている。風が強いのだろうか、雲が盛んに流れている。耳をすますと恋人に愛の歌を聞かせているように草笛が何処からか聞えてきた。

私はこの時の気持の高ぶりを俳句にして、ノートに走り書きした。この句が私の作品集(一)のタイトルになるとは、夢想だにしなかった。

雲流れ草笛ひびき馬駆ける

リフトに乗って、しばらくすると天候が急変してきた。霧が立ち込め少し小雨も降ってきた。高山の天気は急変しやすいと言われているがその通りだ。雲杉坪につくと悪天候で視界は全くなし。残念の一言につきる。私は今まで高い所に来て天気に恵まれたことは、数えるほどで8割がたは視界0《ゼロ》なのだ。

それでも蔵《チベット》族の村の娘さんたちが鳥の長い毛のついた大きな帽子に民族衣装を着て、観光客を歓待してくれた。チベット族は超高原地帯に住む農牧民族で、彼らはヤクと呼ばれる牛に似た動物を家畜として育てて、生活の基盤としている。残念ながら玉龍雪山の雄姿が見られなかったので、絵はがきを買って眺めることにした。(※口絵参照　玉龍雪山の雄姿・チベット族の娘さん)

世界遺産・麗江《れいこう》

麗江古城は世界遺産に指定されている。

玉龍雪山の山麓に標高２４００ｍの高原が拡がり納西《ナシ》族が多く住んでいる。ナシ族は独自の文化をつくり、世界的に関心の高まっている象形文字、東巴《トンパ》文字を持っている。

この町中で一時間ほどナシ族の女性ガイドは自由行動の時間をくれた。連れ合いや他の旅仲間はガイドに連れられ町中の見学に出かけた。麗江古城と言っても、この町には城壁がない。かつて、ここの王は木という姓で口（城壁）で囲むと困という字になり、困難なことが起るのを嫌って城壁を造らせなかった。

私は一人ぶらぶら歩きをして、いろいろな店屋を覗いている。何だか昔の日本人町を歩いているようで、この地はやたら木の文化が幅をきかせている。やはり木王の町だ。建物にしろ、橋にしろ、路地にしろ、ベンチにしろオール木製の町で、その上、水車が廻っている。「石を訪ねて三千里」の旅をしている私には、ここではしばし石を忘れて小休止することにしよう。

串でさしたコンニャクを三本ほど買ってベンチで食べながら道行く人をぼんやり眺めている。やはり少数民族の見事な衣装が美しく私の眼を釘付けにする。コンニャクの味は日本と同じだった。ひょっとすると、コンニャクのルーツはここ雲南高原の少数民族の村が源かもしれないと考えた。先程の店で乾燥の松茸の袋入れも買った。この地に松茸が生えるというのも親しみがわく。香りがなくても松茸ご飯でもつくってもらおうと思っている。

コンニャクは韓国人も食べない。コンニャクの芋畑はあるが、日本に全てを輸出している。栄養のない食物を好んで食べる日本人の気が知れないという。医食同源という言葉があるが、この言葉が全てを物語っている。中国旅行であちこち行ったが、コンニャクを食べたのが、この地で初めてだった。

さきほどの店で日本人かと聞かれたので、頷《うなず》くと「豆腐料理もあるよ」と言っていた。コンニャクや豆腐のルーツどころか、私たち日本人のルーツは雲南だとある文化人類学者が語っているのを何かの本で読んだのを思い出している。ルーツはいろいろあると思うが、ここもその一つかもしれない。

チベット系の少数民族を除き、他の民族はほとんど稲作をしている。そして魚をよく食べ、それも刺身で食べる。これらの少数民族が遠い遠い私たちの祖先の一派でないかと言われているのだ。

他にも稲作の発祥地で、日本にも近い長江の中流、下流域だという説もある。

私の考えでは学者の説は尊重するが、大昔の島国日本には、もっともっと南方の人もあるだろうし、モンゴルや中国大陸、朝鮮民族の血も入っているだろう。赤ちゃんのお尻の蒙古斑だって何故かモンゴルぽく感じさせている。又、北のロシアからの流入があっても不思議でない。やがて土着のアイヌを追いやってしまったのだろうか。

ある程度の大昔で他国からの流入はストップして、島国のお陰もあって誇るべき日本人誕生となったと私は考えている。

東巴《トンパ》の文化

東巴文化博物館を訪ねてみよう。

ナシ族の人口は28万人ぐらいで、雲南、四川、チベットと接している所にも住んでいるが、ほとんどが麗江に集まっている。ナシ族は自分たちの言葉と文字があり、古くて独特な東巴文化を守ってきたことで有名である。千年余りの歴史を持っている東巴文化であり、東巴教に保存されて今日まできている。東巴教はナシ族の原始宗教をもとにして、万物有霊を信仰して祖先崇拝と自然崇拝を基本にしている。

東巴とは〝知者〟の意味でナシ族原始宗教の語り手でもあり、祭祀社でもある。か

象形文字「トンパ」

れらは昔のナシ族の象形文字と東巴経典を身に付け、歌、踊り、絵画、織物、泥人形、木彫り、占いなどが上手である。

ナシ族の象形文字はスシュルジュといって、木や石に刻まれている跡だという意味がある。象形文字の言葉の数は１４００余りで、世界にまだ生きつづけている文字である。

清の時代の人がこんな表現をしている。

〝字が象形で、人が人間の形で、物が物の形でそれらで本を書く。〟

夜はナシ族名物の「鍋料理」を食べ民族音楽を聴かせてくれた。明日はホテルにて朝食後昆明に戻り、石林へ日帰り観光をする。

神秘の世界・石林

昆明は四時如春《スーシールチュン》と呼ばれ、一年中穏やかな気候に恵まれ、市内は常春の都らしく四大名花のツバキ、モクレン、ツツジ、レンギョウの花々が咲き誇り「春城」の名の由来を実感させてくれる。

昆明の東南１２６㎞にある石林を訪ねると、ここでも少数民族・撒尼《サニ》族の娘さんたちが出迎えてくれた。頭にはカラフルなターバンのような帽子をかぶって民族衣装を着ている。しとしと降る小雨の中、にこにこ顔で傘もささずの出迎えだ。

いよいよ奇怪な大石柱が連なる石林を見学しよう。小石林、外石林、大石林があり全長7㎞の遊歩道が設けられている。20～30ｍの突き立った石柱が見渡す限り林立するカルスト地形は、まさに大自然が生んだ芸術作品。（※口絵参照　サニ族の女性・石林）

上の方から眺め下から眺め、いつの間にか石のお伽の国に迷いこんだようだった。

2億7000万年前は、ここは海底だったという。地殻変動により陸地となり、雨や地下水の浸食作用で今の姿になっている。

夜は昆明に戻り雲南名物「過橋米線《かきょうべいせん》」などを食し、少数民族のショーを楽しんだ。過橋米線はポピュラーな食べ物で、麺と豚肉や野菜をあつあつのスープに入れて食べる。米線とは米で作ったうどんの仲間。

西山の龍門

いよいよ旅も最後の一日となった。

午前中は昆明市内の名刹、円通禅寺や大観公園を見学する。円通禅寺内の売店に達筆な方がおられ、皆はそれぞれに名筆を書いてもらっていた。連れ合いは「無量寿」と書いてもらい喜んでいた。

午後は昆明湖の西岸にそびえる西山の断崖絶壁を歩く。ここから1000mの真下にある昆明湖の眺めは雄大無比といわれている。ところが、又々小雨が降り出し視界はかすんできた。

西山の岩肌に沿って造られた道を行くと、断崖絶壁に貼りつくように立つ、龍門石坊、達天閣石室などの石刻建築群があった。(※口絵参照　龍門石窟二景)

これらの西山の龍門は登龍門の故事にならい、ここに上れば出世できると言われている。残念ながら視界悪く昆明湖の眺めは想像をたくましくするしか打つ手はなかった。

いよいよ明日は日本に帰る。

雲貴高原の旅は楽しかったが、一日半おきに雨が降っていた。雨といっても、しとしと雨なのだ。これが雲貴高原の一番の特徴なのだろう。「天に三日の晴れなし」は的をえた言葉だとつくづく思う。

そして二番目は少数民族のあたたかい歓迎だった。私の「石を訪ねて三千里」の旅、雲貴高原の巻はこの辺で終りとしたい。

VI　広い中国石の世界を訪ねて

（一）武陵源《ぶりょうげん》を歩く

大自然の中の芸術作品は、中国華南地方に属する湖南省の西北にあり、大河・長江の中流域に広がっておりユネスコ世界自然遺産になっている。

武陵源の旅も囲碁の仲良し四人組の旅となった。平成24年（２０１２）３月、囲碁道具を持って出発した。中国では武陵源というより張家界《ちょうかかい》という名の方がよく知れわたっている。関空より上海で乗り継ぎをして張家界市にやってきた。この近くに鳳凰古城や南方長城があり新しい観光地になりつつある。韓国は一早くそれを察知して張家界の玄関口の省都・長沙へ直行便を運航している。

武陵源は比較的新しい観光地で奇岩群の発見は１９８４年、ほんの四半世紀前のことだった。この地は農耕地には不向きで、平地から追われた土家《トチャ》族や苗《ミャオ》族の世界だった。しかし豊富な森林や珍しい動植物が残ることから、国家院が１９８２年「張家界国家森林公園」に指定。観光開発を進める過程で、武陵源が発見されたのだという。

武陵源はいくつかの観光スポットというべき山が5つくらいある。それぞれの山はお互い離れているので一日一山訪れるようになる。私たちのツアーは二日間二山が旅程の中に入っている。

何はともあれ、メインの袁家界《えんかかい》風景区を訪ねてみよう。風景区入口にてシャトルバスに乗り「百龍エレベーター」の前にやってきた。エレベーターと言えばビルやホテルの建物内だけと思っていたが、野外エレベーターもあるのだ。高さ326mの世界一高い野外エレベーターで、自分の足で登ると2時間かかる距離をわずか1分というスピードで一気に登っていった。

武陵源は地殻変動で隆起した海底が、数億年もの歳月をかけて風雨の侵食作用で削り出されたものだと言われており、緑深い森林とも相まって描き出される風景はまさに絶景だ。石英砂岩でできた高さ200mを超える石柱が3000本以上も立ち並び、ひとたび霧が立ちこめたら、もう仙人でも出てきそうな水墨画の世界が広がってくる。（※口絵参照　武陵源・野外エレベーター・旅仲間）

自然の第一橋と呼ばれる石橋は草むした自然橋で約350mの高さで石柱と石柱を結んでいる、まさに驚くべき橋である。

この袁家界は映画「アバター」のハレルヤ山のモデルになったところで、映画の封切りを待って私は映画館に足を運んだ。ジェームス・キャメロンの大ヒット作「アバター」の舞台となったハレルヤ山は、武陵源の風景をベースにしているという話は有名である。

二日目の武陵源の観光は黄龍洞観光でボートで地底河の遊覧を楽しんだ。その後張家界国家森林公園に行き、ロープウェイにて登り金鞭渓《きんべんけい》の歩行距離3㎞あるハイキングを石柱群を見ながら楽しんだ。この旅行は山登り、ハイキングの好きな方は4~5日かけて、じっくり楽しまれるには最高の観光地だと思った。

南方長城の観光や鳳凰古城の観光について。南方長城は万里の長城とは関連がなく、少数民族の青苗《ミャオ》族と黒苗族の長い間の争いがあり、この長城が築かれた。長城の登り口の広場に板石をタイルのように敷きつめた大きな碁盤が作ってあった。この碁盤を使ってプロ棋士が打つ石を少林寺の僧が白装束と黒装束の姿で碁盤の上に立っていくらしい。それを山上より眺めて楽しむという。この碁盤全体を見渡せる小高い丘に棋譜も入れた対局中の棋士のブロンズ像が三組作ってあった。対局者は中国と韓国の有名プロ棋士で残念ながら日本のプロ棋士は入っていなかった。

囲碁愛好家の方は一見の価値があると思う。水郷の鳳凰古城は国務院が「中国の歴史と文化の名城」に指定しており、昔日を思わせる歴史の町並みに魅了された。

大地の石碁盤

プロ棋士の対局像

（二）黄山《こうざん》を歩く

黄山は景勝の地で古くから文人に高く評価され、雲界の世界は正に仙人が住んでいる山にふさわしい仙境である。

黄山はぜひ行きたい、行かねばならないとかねがね思いつめていた。頃はベストシーズン・平成17年（２００５年）９月に連れ合いを誘ってツアーに参加した。参加者の顔触れは山を愛する登山家や写真愛好家等、十数人であった。

黄山は安徽《あんき》省南部にあり仙境を彷彿させる独特の景観から、古代から「黄山を見ずして山を見たというなかれ」と言われている。

中国10大風景の名勝のひとつに数えられ、ユネスコの世界複合遺産になっている。複合遺産は自然と人間の文化遺産の両方を兼ねてもっている。世界複合遺産に指定されたことから始まり、ユネスコの「世界ジオパーク」そして「生物圏保護区」（人間と生物圏計画）にも登録されている。聞き慣れない世界ジオパークとは文化圏において建築、技術、記念碑的芸術、都市計画、景観デザインの発展に関し、人類の価値の重要な交流を示すもの。このように定義付けられている。

私たちはメインの雲谷ケーブルカー乗り場にやってきた。山上に登るのは三つのケーブルカーがあり、勿論、健脚の人は歩いて登る。石段が山上まであり、大きな荷物を天秤棒《てんびん》で担《かつ》いでいる担ぎ屋もいる。ケーブルカーのない時代、李白や杜甫もここに登り絶賛している。この石段、中々の出来映えで、歩きやすいように造ってあり、美的鑑賞にも値しており複合遺産の審査で大きなポイントになったのではないか……と私は想像した。

現地ガイドに聞いてみた。

「わざわざ大きな荷物を大変ですね、ケーブルカーがあるのに。又何を運んでいますか」

「ケーブルカーは観光客主体でそれ以外の目的では乗車できません。担ぎ屋さんは洗濯したホテルのシーツを運んでいるのです。山上でのクリーニングは禁止されているからです。又、食料も運んでいます。下りは使用したシーツもありますが、屎尿《しにょう》のタンクもありますよ」

私は納得《なっとく》した。世界遺産の栄誉をかちとると、裏方さんは大変である。しかし、これも職業で立派にみんなは生計をたてているのだ。

山上を目指して全長２８０８ｍ、高低差７７３ｍ。日本・オーストリア製のケーブルカーより素晴らしい景色を堪能した。

山上につき黄山第2の高さ１８６０ｍの光明台を目指して歩き、そこから30分ほど行ったところに立つ飛来石を見て、夕日が素晴らしい所に行きホテルに着く予定だと言っている。

足に自信がないという二人連れの女性と連れ合い三人がガイドと一緒に平坦な道を景色を見ながらホテルへ向った。

現地ガイドの案内で八人ほどが歩き出した。登山靴の人もあり、このツアーの為、毎日、神社の石段を上り下りして鍛えてきたという人もあった。キャリーケース等はホテルに運び屋が運んでくれているので、リュックサックの軽装である。私は足腰にさほど自信がないが、石を訪ねての旅は飛来石を一目見ないことには話にならないと思い、「まあ何とかなるだろう」とみんなと一緒に歩き出した。

素晴らしい景色を見ながら、休み休みのハイキングになったので足腰の心配は全然問題なしである。絶好の秋晴れに恵まれて、山上のホテルで一泊するので早朝の日の出の見学も楽しみだ。ツアー客の中に何年か前に来て雨で五日間も滞在したが、天気が回復せず残念な思いで帰国したことがあると話され、その方は今日は最高ですと喜色満面だった。

飛来石は強風が吹けば転び落ちそうだが、しっかりと立っている。やはり名前の通り何処からか飛んできて、この場所が一番気に入ったと立っている生きている石なのかもしれない。

（※口絵参照　黄山・飛来石）

よくよく観察すれば同じ石台のつづきの岩で侵蝕作用でできたのだろうと私は思った。

黄山の夕陽は美しかった。真っ赤な大きな太陽は見る見るうちに沈んでいった。あちこちから、さかんに「ヤッホー」「ヤッホー」の声が聞える。かなり間をおいて遠くで「ヤッホー」「ヤッホー」と低く響く声で木霊《こだま》している。

黄山の木霊はかすか秋の暮

早朝二人で黄山沼地で高山植物を見てから日の出を見にいった。天気がよく広い海原、いや天の原に神々しく太陽は昇ってきた。早朝の散歩を楽しんでホテル「黄山石海飯店」で朝食をとった。ホテルといっても日本のビジネスホテルより質素である。利用客は外人客が多いようだ。昨晩は9月の終りだというのに底冷えしてストーブのお世話になった。

さあ、今日は山上の散歩である。

黄山の最高峰・蓮花峰は１８６５ｍあり、72の花崗岩の奇峰がそそり立っている。奇峰のところどころの割れ目に各種の松が根をはり、生命力の強さを見せている。

黄山に立ち並ぶ山々は、古生代にできたもので氷河や風雨による侵食が一億年にわたって繰り返され、現在のような断崖絶壁の景観になった。海から吹いてくる湿った風が、海抜1000m以上の峰々に漂い、大量の霧や雲を発生させて生命力ある松を育てたのだろう。

盆栽の世界で見る景色を拡大して自然の世界で見せているようだ。この景色があってこそ、水墨画、漢詩などの題材となったのであろう。かつて黄山を訪れた東山魁夷はこの景色を評して「充実した無の世界、あらゆる山水画の技法が、そこから生まれたことが分かる」、といっている。

黄山には1200以上の奇妙な石群があるといわれる。名前を持った怪石も数多くある。怪石は人や動物の形をした岩で、猴子《こうし》観海（海を見るサル）、仙人下棋（碁を打つ仙人）、犀牛望月（月を見るサイ）などがある。

見る角度によって別物に見えて怪しく、美しさを秘めた岩も多い。中には岩と岩との間に「歩仙橋」という人造の石橋もある。「黄山怪石」は霧がかかって見え隠れすることが多い。2億年もそこに存在している石の強さに想いを馳せて、自然に感謝しながら充分に鑑賞することができた。

帰りのロープウェー乗り場にくると、ホテルから出てきて、石段をおりる前にシーツの担ぎ屋が4~5人一服していた。了解をとって担ぎ屋の真似事をした。何と重いこと、ヨロヨロとした。担ぎ屋さんたちは日焼けした顔に白い歯を見せて一斉に笑った。私の考えでは天秤棒担ぎはコツがあるようで、左右の荷物を上下にゆらして重さを少し軽減しているようだ。

黄山の旅行記は以上で終る。今回のツアーでは、杭州の西湖を初日に行き、黄山見学の後、世界文化遺産の街、屯渓老街や宏村古民居も見学することができた。

Ⅶ　石の民話を訪ねて

（一）松浦の佐用姫

この民話は現在の唐津市厳木町に住んでいたとされる豪族の娘で賢くて美人で、弁財天のモデルだと言われている。この姫が出征中の夫の帰りを待ちわびて、泣き疲れて石になった話が語りつがれている。

朝廷の命を受け、宣化2年（537）に、大伴狭手彦《おおとものさでひこ》が任那《みまな》に渡り、百済《くだら》を救援するため軍を率いて、出征することになった。大伴狭手彦は、万葉集の歌詠みの名手といわれる大伴家一族の先祖にあたる武将である。

しばらし、筑紫の国松浦に軍をとどめていたところ、この地の豪族の娘にぞっこん一目ぼれで、夫婦の契《ちぎり》を結ぶまでの恋仲となった。楽しい日々は束《つか》の間で、やがて別離の日がやってきた。佐用姫は鏡山の頂上から領巾《ひれ》を振って見送った。軍船は次第に遠去かり小さくなって、やがて見えなくなると泣き崩れるのであった。

佐用姫を詠った歌がある。

詠み人が「いといと後の人」となっているが、山上憶良と推定される歌が万葉集（巻5・874）に載っている。

海原《うなはら》の沖行く船を帰れとか
領巾《ひれ》振らしけむ松浦佐用姫

領巾は肩巾とも言い、昔貴婦人が正装の際に肩にかけて飾った細長くて薄い布。

鏡山の名の由来は新羅征討説話では、神功皇后がこの山に戦勝を祈念して鏡を奉納したところから、この名がついていたが、後の世に領巾振山《ひれふりやま》とも呼ばれるようになった。佐用姫が鏡山から軍船を追って跳び降りた時に、足をついたとされる岩がこの世に残っている。

万葉集の時代では佐用姫が石になったという伝承は現われていない。

佐用姫が石になったという伝承は鎌倉時代の「曽我物語」あたりからで、江戸時代には、滝沢馬琴が「松浦佐用姫石塊録」を書いている。

さて、鏡山で泣き崩れていたところまで話していたが、別離に耐えかねて、ハッと気付き船を追って遠く呼子《よびこ》まで行った。さらに加部島で七日七晩泣きはらし、とうとう佐用姫の魂は石の中に入ってしまった。

南無阿彌陀仏　南無阿彌陀仏

合掌

（二）姫の泣き石

ここは信州信濃の野尻湖の近くで、越後に近い国境《くにざかい》である。野尻湖はその頃、信濃尻湖と呼ばれていた。美しい湖で、信州では諏訪湖に次いで二番目の大きさである。

この野尻湖の南東に割《わり》ヶ岳《たけ》と呼ぶ小さな山があり、その麓に「姫の泣き石」という大きな岩がある。その岩には悲しい言い伝えがある。

遠くの昔、信濃町や隣の三水村は芋川《いもかわ》の庄と呼ばれていた。芋川の庄には、丸顔で色白の可愛いお姫さまがいた。

その頃は戦乱の世で殿さまは家来を連れて、あちこち戦《いくさ》に出かけていた。このお姫さまは心のやさしい人で、父上や家来たちが怪我《けが》をしないようにお寺やお宮にお参りして、ご無事を祈っていた。

ある日のこと、若者のお供《とも》をつれて戸隠《とがくし》神社にお参りした。この神社は遠く神話の時代、「天の岩戸」が飛んでできた霊山・戸隠山の麓《ふもと》にあり、杉の大樹が参道の両側にあり、森の中はひっそりとしている。その日は奥社までお参りをすませ、帰り道のことであった。

お供の若者はうす暗い森の中に何人かの悪者がひそんでいる気配を感じた。

「姫はやく、はやく」とその場を急ぎ足で立ち去ろうとしたが、五人連れの山賊がどっとあらわれ二人の前に立ちはだかった。若者は日頃きたえた剣の腕前で一人残らず切り倒した。ところが、若者も腕に深い傷を負ってしまった。

館《やかた》に戻った姫は、一生懸命、傷の手当をしてやった。毎日のように傷の手当で寄りそっているうちに、二人の間に恋が芽ばえていった。やがて若者の傷はすっかり治り、又、剣の道場に毎日通うようになった。

ある日のこと。敵の大軍が押し寄せているという一報が入ってきた。殿さまは大勢の家来をひきつれて出陣していった。この出陣には戸隠参りの姫のお供をしたこの若者も、腕が立つと認められ出陣していった。

姫は父上と恋人を見送った明くる日、今度は善光寺さんへ、前の供よりうーんと年若いお供をつれてお参りにいった。善光寺は信州、いや日本を代表する名刹《めいさつ》で、来世・現世のさまざまなご利益があるといわれ、一生に一度は善光寺参りをせねばと言われていた。善光寺に着くと、ご本尊の前で今までに増して熱心に願《がん》をかけるのだった。

戦いは幾日も続き長期戦になった。

姫は父上や恋人の若者の身を案じ、いたたまれなくなり母上の止めるのを振り切って若武者の格好をして戦場に駆けつけた。

戦場で姫の武者姿を目敏く見つけ、恋人の若武者が駆けよってきた。若武者は姫の前に跪《ひざまず》き告げた。

「殿君が討ち死になされました」

姫は一瞬、あの強い父上が死ぬはずがないと思った。けれども、若者の目から涙が一筋落ちているのを見て、父上の死は事実だと思った。姫はその場で泣きくずれてしまった。

「姫、わたしがついております。気をしっかりおもち下さい」

姫を抱きおこすと、遠くでピカッと稲妻がはしったのを見た。一天かき曇り、つよい雨が降り出した。アッと思うまに若者も落雷のため、若くして命をなくしてしまった。

姫はかけがえのない二人の死に気も狂わんばかり泣き叫んだ。姫は泣いて息も絶え果て、とうとう石になってしまった。

村人たちは姫をあわれんで、この石を「姫の泣き石」と呼び、みんなはお参りをして手を合わせるのだった。その石は姫のふっくらした顔のように丸く、その目のあたりからポツン、ポツンと涙の水がしたたるようになった。

いつしか、この岩は苔が生えてきて、今の世でも割ヶ岳の麓で涙の雫をしたたらしている。

(三) 石垣島のアイナマ石

石垣島に悲しい民話が語りつがれている。アイナマとは八重山地方の方言で「かわいい花嫁」のことで、花嫁が石になったと言い伝えられてきた。

このアイナマ石の話が何故、長い間ひそかに語り継がれてきたかは、悪税といわれている忘れてはならない人頭税にある。男女とも数え年15歳になると一律に課税されていた。

アイナマ石の伝説は貧乏な家に生まれたため、人頭税のことがあり、自分の意志にさからって一旦は受け入れて嫁入りすることになったが、苦しい気持ちをおさえきれず、むなしく石になった花嫁の話である。

昔、昔のことである。

石垣島の川平村に美しい娘がおり、この村に幼なじみの恋人がいたが、親の決めてきた縁談で隣の平久保村に嫁ぐことになった。川平村と平久保村は遠く離れており、今の時代の道路や車はなく歩いていくしか方法はなかった。ジャングルのような森の中や、干潮時を待って海沿いを歩かねばならず、丸一日はかかる道程《みちのり》であった。

この縁談は親が決めたもので、娘は仕方なく承諾《しょうだく》したものの気が進まなかった。両親にしても、つらい思いをしていたが、人頭税《じんとうぜい》のことがあり、貧乏でその税を支払うことは到底《とうてい》不可能であった。

いよいよ嫁入りの日がやってきた。

花嫁姿の娘は両親や弟、そして親戚の人たちと一緒に平久保村にと向っていた。平久保村に入り、あと少しで嫁ぎ先の家に到着するという時のことであった。花嫁は用足しに行きたいと言って茂みの中へ入っていった。なかなか戻ってこないので皆であたりを探しまわったが、花嫁の姿は見つからなかった。やがて村中が大さわぎとなり、大勢で探したが、やはり見つからず、昼なお暗い森の中には花嫁の姿に似た冷たい石が、ひっそりと立っているばかりだった。

人々はこの石こそ花嫁だといい、アイナマ石と呼ぶようになった。そして、二度とこのような悪税が行なわれないような世の中を願ってきたのである。

《この民話について》

八重山《やえやま》という名は、青い海原に八重に重なる山のように島が点在しているところから、名付けられたのだろう。

その八重山諸島の主島が石垣島である。

私は石垣島にも旅をしたが、楽しい思い出の中に、この悲しいアイナマ石の伝説があるのを知って、いつかは文章にしたいと、かねがね思っていた。

アイナマ石は石垣市平久保村の防風林に囲まれた大自然の山中にひっそりと立っている。一時期、道路拡張工事のため、アイナマ石は何処へいったか、わからなくなってしまったらしい。工事をする人が、アイナマ石の伝説を知らなかったためである。

昭和63年（１９８８）、島の人々の懸命な調査で山中で見つかった。そこで二度とこんな事態が起こらないように、当時の伊原郵便局のスタッフが「アイナマ石」の紹介文を書き、看板を石の横に設置した。ここを訪れた人たちは、悲しい話に接して花嫁の姿を想像し、感慨にひたるようになった。

この民話が長く語られてきたのは「人頭税忘れまじ」の悪税が背景にある。古代から封建制にかけて、多くの国が人頭税を導入していた。

古代ローマに於いては人頭税と土地税が融合した制度があった。古代中国では人頭税に相当する口算や力役があった。

近世においてでも、19世紀後半のカナダでは増加した中国系の人たちを排斥するためにこの制度を導入した。アメリカ合衆国、南部で19世紀末から20世紀中頃まで人種差別の目的で導入し、人頭税の支払い有無で投票資格の要件とする州があった。


薩摩藩支配下の琉球王国の宮古・八重山において「正頭《しょうず》」と呼ばれていた人頭税が課せられていた。八重山では、数え年15歳から50歳の男女には納税能力に関係なく、一定額が課せられていた。

八重山市庁の隣にある市立八重山博物館には人頭税の資料がおいてある。

平良市（現・宮古島）には「人頭税石」という石柱があり、この石の高さ１４３㎝ぐらいにまで島民が成長すると人頭税が課せられた。宮古島は年齢でなく、身長による課税であった。

この石の伝承は、大正時代に宮古島を訪れた民族学者・柳田國男が著書『海南小記』に書き記したことから、全国に広まり有名になった。

しかし異説があり、この伝承は人頭税による労苦を象徴的に示すもので、実際に利用されていなかった可能性が大きい、という。

人頭税課税は琉球王国に於いて１９３７年から制度化されたが、前年の１９３６年に戸口調査が行なわれていた。八重山博物館の館長・黒島為一は次のように述べている。

戸口調査のこともあるが、身長によって税を課せば、人々は身体の成長を阻害しようと試みるから、労働力の低下を招く、実際には人頭税石は使用されていなかったと思う。

私は平成15年（２００３）宮古島の旅で、この人頭税石を見てガイドの説明を聞いた時、疑問に思った。「さあ、この石が税の徴収に本当に使われていたのかなあ?」人間成長して背丈が伸びる人もあれば、伸びない人もある。親のＤＮＡによる面が多々あると思う。一度調べてみようと思いながら、忘れてしまっていた。今回アイナマ石の民話を書く機会があり調べてみたら、その可能性は非常にうすいとわかった。

この石は何の役目をしていたのだろう。

大きな屋敷の庭に元々はあったらしく、いろいろな説が出ている。霊石信仰の石としてとか、農業のための天体観測の基準点であるとか諸説がある。私は「悪税・人頭税忘れまじ！」の象徴として後の世に人々は人頭税石と呼んだのだろうと思う。

今の世、一律に税をとるというような制度はないことは確かである。

ただ、少し気にかかる制度で税ではないが、国民年金の保険料が、この人頭税の流れをくんでいないか、私は疑問に思っている。支給額が厚生年金に比べて、あまりにも少額であるので余裕のある人は支払額をもっと増やし将来の支給額をあげるべきだ。若い時から老後のことを考えておくのは、人間の知恵だと思っているが、如何だろうか。中々、国民年金保険の改正案は出てこない。自分の老後は自分で考えろ！　ということか。知恵者がもっと指導してあげてほしいと常日頃、思っている。

この悪制度は明治36年（１９０３）をもって廃止された。世界の国々でも18世紀～19世紀にかけて、次々と廃止されていった。

（四）水を吐《は》く石の羊（中国の民話）

大河、黄河はまるで龍があばれだしたような形をして曲りくねり、蜿々《えんえん》として大地を流れている。数多い支流のなかにあって、苦水河《くすいが》の水は苦くて飲み水に適さず、お茶はまずくお米をたいてもおいしいご飯にならなかった。みんなの口の中はいつも苦みが舌に残っていた。

それでも村人たちは、この地を去らず仕方がないと、あきらめて暮らしていた。何十里も離れた地まで水汲みに行く人も何人かはあった。汲んできた一桶の水はお金に替えがたい高価な黄金の水であった。どんな名酒よりも貴い物とされ、一口飲むと身体から苦みが出ていくような気もした。

この地方には歌になって、こんな言い伝えが昔からあった。

うまい水飲むのはたやすいことよ

石の羊が出てくりゃ水を吐く

石の羊とはどんな宝物なのか、どこに隠れているのか誰も知らなかったし、捜そうとする者も長い間いなかった。

この村に先祖三代続いている腕のよい石工がいた。代毎に腕はあがり、三代目になった金三《きんぞう》はまだ少年だったが、神がかった腕前であった。

草花を彫ると、花や葉や枝は本物と見間違うほどしなやかだった。鳥を彫ると、目はキラッと光り、羽毛はフワフワして生きているようだった。金三の腕前については、誰もがこの世で一番だとほめたたえていた。

金三は自分もさることながら、村人たちがおいしい水がなく不自由しているのを見聞きして、何とか歌の文句にある謎の石の羊を見つけ、みんなによい水を与えようと決心するのだった。

それからというもの、高い山に登ったり黄河の河辺を遠くまであちこち歩いたり、古井戸を覗き込んだりして必死にさがしたが、中々見つからなかった。

ある日、遠くの山から村に帰ってくると、いつも水のないカラカラ池のふちを通りかかると、何かキラッと青白い光が射したのを見た。金三は不審に思い明朝、一番鶏が鳴くと道具をもってカラカラ池に入り、光っていた池の真中あたりの赤粘土を掘り起こした。一日かけて赤土を掘り返していると、その日の夕方には何か白い大きな石がでてきた。もしかしてこの石が歌の文句にある石の羊かもしれないと金三は大いに喜んだ。二、三日かけて大石を掘り出し荷車にのせて、石の作業場に持ち帰ってきた。

金三の心は決まっていた。この白い大石で羊を彫ることにしたのだ。金槌《かなづち》とのみの音が毎日ひびき、作業衣が汗でビショビショになっても休もうとせず一心不乱。いよいよ羊の曲がった二本の角もでき、やわらかいカールした毛も生えて、目ん玉はキラキラ光り、最後に四本目の足にノミを入れると、急に小羊は生命を吹き込まれたように立ち上がり目をパチパチさせ、耳を前後に動かすのだった。金三の熱い思いがこの世のものとなって生きている石の羊の誕生となったのだ。

「金三兄さん、ありがとう。私は昔のように石の羊となってこの世に蘇《よみがえ》りました。金三兄さんのほしい物は何でもさし上げます。金でも銀でも私の口から出してあげますよ」

「いやいや、金や銀それに宝物もいらないよ。私のほしい物は水です。何とか村人が喜ぶ苦くない水を口から吐き出しておくれでないか」

石の小羊は目をパチパチさせ、こういった。

「うーん、一番難しい物をお願いされましたね。でも精一杯やってみましょう。明日この村に不思議なことが起こっても、私のことは決してしゃべってはなりませぬ。もし話をされてしまうと私の魔法は効かなくなってしまいます」
「わかった、わかった。絶対約束は守るよ」

石の小羊は一筋の光となり、アッという間に百里も駆けて黄河のほとりに着くと水を腹一杯に吸いこんでカラカラ池に吐きだした。一晩に何度も何度も往復して、池には青々としたうまそうな水が満々としていた。

翌朝、村中の人たちは大さわぎだった。天の神さまのお恵《めぐ》みだと喜んで、手に手に桶をもってわが家に水を持ち帰るのだった。さっそくおいしいお茶を入れたり、ご飯をたいて食べた。その日の夕方には池の水は底をついたが、次の朝には又、いっぱいになっていた。金三は石の小羊が遠くまで村人のため毎晩何回も走っていることに心より感謝していた。

百日がすぎたある夜のことだった。朝になっても石の小羊は帰ってこなかった。池はカラカラになって村人たちは溜め息をついたり、泣き出す人もいた。

金三は石の小羊に何かが起こっているにちがいないと、心配のあまり遠く黄河までの山道を探しに出かけた。

「石の小羊！　石の小羊やーい！」

山を越え峰を越え、黄河の大きな流れの所に来た時に、草むらに倒れてうなっている小羊を見つけることができた。

「金三兄さん、乱暴な黄河の神に『お前はわしが支配している水を勝手にたくさん持ち帰っている』と言って、前足を一本切り落とされたんです。もう動くことができません」

「よし、わかった。とりあえず家の作業場に引き返そう」

小羊を荷車に乗せ金三は家路を急ぐのだった。村中の人は池が又もとのようにカラカラになっているのを見て嘆き悲しむ日々が続いた。

金三は何日もかけ、苦心して羊の足を彫り直してやり、元気になっていくのを横で見ていて喜んだ。何とか今度は黄河の水神を見つけ、恨《うら》みを晴らしてやろうと固く誓うのだった。

石工の金三の家には代々伝わっている「日月の宝石」という魔法の石があった。それを持って、月の明るい晩に石の小羊にまたがり黄河のほとりにやってきた。石の羊が足を折られたあたりを、必死になって水神をさがした。河はとうとうと流れ、何やらあやしげな風が吹いてきた時だった。水神は岸辺にうずくまり大きな岩のような姿でうとうととしていた。

石の羊が「あれが私の足を折った悪い黄河の神だ」と言うと、つかつかと水神の前にきて大声でいった。

「やいやい！　何が黄河の神だ。ちゃんちゃらおかしいや、この悪党め！　たくさん流れている水を少しもらっただけで小羊の足を折ってしまった、悪い奴だ。今日はそのあだ討ちにきたのだ。このケチンボウの水神よ、頭を下げて謝らなければ、きさまを焼いてしまうぞ！」

金三がふいに現われ、大声で叫んでいるのをうとうととして聞いていた水神は、腰に下げている水晶の剣をにぎりしめせせら笑った。

「このチンピラめ、大した度胸じゃねえか。このおれ様を焼き殺すだって！　何を寝言を言っておる。この黄河の水はすべて俺が支配しているのじゃ。おめえたちに盗まれてたまるか」

金三も負けておらず、大声をはりあげた。

「よく聞けよ。黄河の水は大地を流れている天の恵みだ。この地に暮らす者は誰だって使えるはずだ。お前の考えは間違っている、決して一人じめなんかさせないぞ！」

水神はカッカッと頭にきて金切り声をたてた。

「何をこしゃくな、さっさと消え失せろ！　さもないと、お前を一息で氷のかたまりにしてしまうぞ！」

その時だ。水神は口を大きく開き、冷たい氷水の風をヒューッと金三に向けてかけた。

「やりやがったな、この悪党め！　このおいらにも魔法の石があるんだぜ」

こう言って「日月の宝石」を取り出し、キンキンキンと石の小さな棒でその宝石をたたいた。

「よく聞け！　この宝石は天の火石なんだ。山を焼けば山は灰になるし、海を焼けばカラカラに干上《ひあ》がってしまうのだ。もしお前が黄河の水をわたさないというのなら焼き殺してしまうぞ！」

水神は魔法が金三にやぶられてしまったので、水の中から妖怪どもを呼び出し、金三におそいかからせた。妖怪どもは牙《きば》をむき、長い大きな爪《つめ》をさか立てて、金三におそいかかった。金三は「日月の宝石」をパッと投げると、一すじの火柱がたち、天をこがさんばかりに燃えあがった。妖怪どもはびっくりして、水の中へともぐり込み、二度と姿をあらわさなかった。そして、たちまち、火の流れは水神をとり囲み、長い白い髭《ひげ》に燃えうつっていた。黒い煙を出しジリジリと顔全体にひろがったものだから、「アッチッチ」と悲鳴をあげた。

河の神はしょんぼりとしてあやまった。

「小さな石工さん、おれが悪かった。これ以上、火攻めをしないでくれ。その代わりに罪ほろぼしとしてお前さんのほしい宝物を何でもあげるよ」

金三と石の羊は声をそろえていった。

「水だ、水だ」

「みんなが喜んでくれる黄河の水をくれればそれでいいよ」と金三は重ねていった。

それを聞いた水神は、口の中から水晶の珠《たま》を出して言った。

「これは水の珠といって石の羊がこれをくわえていれば、わざわざ遠い所まで水を汲みにこなくても、澄んだ水を吐き出してくれるのだ」

金三は喜んで、これを受け取りさっそく石の羊の口の中へ入れた。はたして、水神の言ったとおり清水が噴水のように流れ出すのだった。

金三が水晶玉を再び手に取り外《はず》すと流れは止まった。その時、遠くから一番鶏が鳴くのが聞こえてきた。

「金三兄さん、早く帰りましょう。夜が明けて私たちの姿を見られたらおしまいになるよ」

金三は石の羊の背に乗り、自分の住む村に引き返した。石の羊は前足の怪我《けが》が、元通りに治《なお》っておらず、スピードが以前のように出なく、自分の村はずれにさしかかった時、夜がしらじらと明けてしまった。

その頃、牛を放牧場に村から連れ出している早起きの牧童《ぼくどう》が、遠くから白い光が飛んでくるのを目敏く見つけた。その光が近づいてくると金三兄さんだとわかった。

「おーい、みんな見てみろ！　金三兄さんが羊に乗って駆けてくるぞ！」

大声で叫んだものだから数人の牧童も金三兄さんが羊に乗って帰ってくるのを見てしまった。

この叫び声をきいた石の羊の足は、ピタッと止まり一歩も動かなくなった。金三はあわてて水晶の珠を羊の口の中へ入れた。水は勢いよく流れ出してくるのだった。

お日様が昇り、光があたりを照らすと、石の羊の姿はだんだんと元のような岩にかわっていくのだった。それでも水は勢いよく流れつづけているのだった。

又又、村中の人々は手に手に桶をもって「ああ、ありがたい。ありがたい石の羊さん、石工の金三さん！」と口々に涙を流しながら水の出る放牧場に近い村はずれまで集まってきた。

そして歳月は流れていったが、今でも岩の下から清らかな水がコンコンと湧き出している。人々はその岩を「羊岩《ひつじいわ》」と呼んで千年も二千年も語り伝えている。

羊岩の横には槐《えんじゅ》の大きな樹が生えているが、その大樹は金三の化身《けしん》だと言われている。

人々は泉の水を飲むたびに、いつもこの石工の少年を心からほめたたえている。

《この民話について》

羊は人間にとって非常に有用な家畜で、牛科になっている。毛を刈って織物の原料となるし、肉は食用となるし、乳・脂肪・皮も利用されている有り難い動物である。

めでたいこと、喜ぶことに祥《しょう》の漢字があり、嘉祥《かしょう》、吉祥、祥瑞の言葉がある。

「食は広州にあり」で知られる華南の中心都市広州にも、大昔に荒れた土地に五匹の羊が五穀をもたらしたという伝説がある。広州は羊城ともいわれ、今の世にこの伝説を伝えるため、越秀公園《ウェシウゴンユェン》（えつしゅうこうえん）の中に大きな五羊石像があり、広州市のシンボルになっているのを見たことがある。

私は「石を訪ねて三千里」の旅を続けていたが、大河・黄河の支流に心がほのぼのとする民話があるのを知って嬉しく思った。

「水を吐く石の羊」は『中国民間故事選』の第一集にあり、「夏羊」の題で載っている。

この民話を石川鶴矢子《つやこ》氏（1929年東京生まれ）が人民中国雑誌社に勤務していた時に、わかりやすい名文で翻訳されている。筑摩書房より『石の羊と黄河の神—中国の民話』という題で出版されている。大半が少数民族の民話である。少数民族の民話は3000話ぐらいあるといわれ、すばらしい民話が語り継がれている。

この石の羊の民話は少数民族でなく漢民族のものである。少数民族は河のほとりや平地に住まず高い山々や高原地帯に住んでいる。

私はこの石の羊の話を読んで、最初はあらすじだけと思っていたが、興にのって、ついつい民話再生の形で私なりの文章で書きつづった。

タイトルは「水を吐く石の羊」とし、主人公の名は金鑽《きんさん》となっているが金三《きんぞう》とし、黄河の支流の正式名は祖厲河《それいが》であるが、通称の苦水河《くすいが》とした。

祖厲河は甘粛省《かんしゅく》中部を北へ流れて黄河に入っている。流域の地層は硝石《しょうせき》やアルカリを含んで水は苦くてからいといわれている。

今の世、水道事業の発達もあり、苦い水はなくなっているが、大昔のこの民話はこころがあたたまり語りつがれていくだろう。

（五）石のスープ（ヨーロッパの民話より）

「みなさんは石のスープを飲んだことがありますか」

「石のスープだって？　あなたは又、何を寝ぼけた話をしようと思っているの」

確かに石からスープやシチューはできません。ところが、ところが……大勢の方が実は、石のスープを飲んだことがあるのですよ。

そんなお話をこれからいたしましょう。


戦争がえりの一人の兵隊さんが家路を急いでいました。腹ペコで足どりは重く、もう歩く力もなくなってきました。有《あ》り合《あ》わせのお金もありません。風も冷たく、お日さまもかくれています。

「ああ、あ。一かけらのパンでもあればなあ……」

大きなため息をつきました。何軒《けん》かの家が村はずれに見えてきました。少しあつかましいが、何か食物をお願いしようと思いました。

「もしもし、今日は！　おなかがすいて困っているので、何か食べ物のお恵みを！」

「うちの家は貧乏で他人様《ひとさま》にさし上げる物なんか何一つありません」

バタンと戸は閉められました。

次の家に行く途中、いい考えがうかんできました。小川のすべすべした丸い石を拾いポケットに入れました。この石、茶褐色だったが、乾くとうす緑に変色していました。

次の家にくると、

「もし、もし。おなかがすいて倒れそうなんです。何かお恵みを！」

「うちは家族も多く、食べていくのがやっとこさで、あなたにさしあげるものなんて何もないわ」

思っていた通りお上《かみ》さんにはっきり断《ことわ》られました。

「それじゃ、お鍋《なべ》と水はありませんか」

「お鍋と水ぐらいならありますよ。だけど、それで料理ができますか」

「私はスープができる不思議な石を持っているんですよ。これでスープをつくると王様でも満足するぐらいおいしいものができますよ」

好奇心の強いお上さんは首をかしげながらいいました。

「それじゃ、中に入ってつくって見せて下さいな」

さっそく大きな水のはいった鍋が火にかけられました。兵隊さんはポケットより大事そうに石をとり出し鍋に入れました。うす緑色の石が湯の中に入ると茶褐色になったので、お上さんは目を丸くしました。

「少し石の力が弱くなっているので、塩はありませんか」

「塩ぐらいはありますよ」

塩を持ってきましたら、続いて
「胡椒《こしょう》もあれば、なおよいのですが」

「胡椒もありますよ」

しばらくすると、

「少し人参《にんじん》があれば、よりおいしくなるんだがなあ」

こんどは少し小さい声で一人言をいいました。

「あら、人参ぐらいならあるわよ」と言って持ってきたので、切って中へ入れました。

何ごとがおきているのかと、この家の主《あるじ》の農夫と長女が様子を見にきました。

兵隊さんは、ていねいに頭を下げて挨拶《あいさつ》をしました。

「石でおいしいスープをつくっているんですよ。あと、じゃがいもがあればとろみが出ていい味になるんだがなあ……」

それを聞いた長女は、じゃがいもを畑に取りに行きました。つづいて、こうも言いました。

「玉ねぎを入れると香りが出ていいんだがなあ」

主人は隣の家で三個わけてもらってきました。

「あとはキャベツがあれば、だいたいこれでよしとしようか」

みんなが、にぎやかなので様子を見にきていた次女がいいました。

「キャベツなら私が畑に行ってとってくるわ」

やがて、この家の長男が野兎《のうさぎ》を一匹つかまえたと言って帰ってきました。

「これも入れますか」

主人が兵隊さんに聞くと、大きくうなずき、アッという間に兵隊さんは兎を捌《さば》き、鍋にほうりこみました。

「さあ、これでいよいよ仕上りだ。みなさん、長い間待たせたね。ほっぺたが落ちないように気をつけて、食事をとろうよ」

みんなは兵隊さんの戦地での話をききながら、

「おいしい、おいしいわ。今までこんなおいしい料理は食べたことがないわね」

みんなも兵隊さんも満腹になりました。兵隊さんは別れの挨拶《あいさつ》をし、これでわが家まで歩いて帰れます、と言って大きく頭を下げお礼をいいました。

玄関まで見送りにきたお上さんに言いました。

「おいしいスープができる魔法の石をあなたにさしあげましょう」

「こんな高価なもの、本当にもらっていいのかしら」

こう言って何回も頭を下げて石を受け取りました。

兵隊さんは足どりも軽く、鼻唄まじりでわが家へと帰っていきました。

《この民話について》

「石のスープ」の民話が世界をかけめぐっている、と言ってよいほど、あちこちの国でこれと似たような話がある。又、この民話よりヒントをえて、動物の世界の童話にしたり、絵本にしたり、創作童話にしたりもてもての話である。

ここに紹介した民話は、ベルギーの国に伝わっているのを参考にして、私が民話再生の形にして書いたものである。フランスの国の「石のスープ」の話は三人の兵隊さんが、村中の人たちと一緒になって石のスープをつくる話になっている。

ナポレオンが1812年にロシア侵攻をした時、フランス軍の兵士が婦人をだましたという逸話があり、こんな民話になって語りつがれてきた。

もともとの民話はポルトガルに伝わるもので、主人公は戦争がえりの兵隊さんでなく、飢《う》えた旅人が主人公になっている。

みなさんはこの話を読んで、どう思われるか、お聞きしてみたい。

すでに小学生の時、先生から聞いたとか、自分の子供が小さい時、絵本を読んであげたとか、すでにご存知の方が多いと思われる。

読んだ人によっては、何かほのぼのとした愛情を感じたと言う方もあるだろう。別に兵隊さんは悪いことなどしていないのだから、そんなに責《せ》めないで！　という方もあるだろう。

いやいや、兵隊は悪い人だ。これは詐欺師《さぎし》だ、口先の魔術師だ、とはっきりいう人もあるだろう。

ところで、あなたに質問があるのですが、

「本当に今までに、石のスープを飲んだことがないのですか。一度よく考えてみて下さい」

というと、ひょっとして、あの人が言ったことが、この話に似ていて私は受け入れてしまったと、思い出す人もあるのではないだろうか。

「そうです、そうです。それが石のスープなんですよ」

少し拡大解釈をしないことには、この話の面白《おもしろ》さは出てきません。

かつて、我が国で世間をさわがせたオウム真理教は、優秀な若者が石のスープを教祖にだまされて飲んでしまった。この宗教以外にも世の中には、たくさんの邪教がある。

石は永遠の命で決して変化しないものであるが、その石を餌《えさ》にして一般の人（信者）から食料や労役をえている。このような邪教によりあちこちの国で若い人たちが、来世を信じて自爆テロをくり返す事件を聞くにつけ、何だかこの石のスープの話を私は思いうかべてしまうのである。

今年（令和元年）は参議院の選挙、来年は衆議院の選挙がある。立候補者の選挙公約を読んでいると、「石のスープ」のにおいがプンプンと漂ってくる。ここはしっかりと見定めて投票して頂きたい。いくらいい公約をしても財源が必要になってくる。無駄使いをやめれば、幾らでもお金は出てくると大声で叫ぶが、世の中そんなに甘くはない。結果は増税につながっていくのだ。

宗教や政治の世界以外にも拡大解釈すれば、あの手この手の儲かる投資話の勧誘等、世の中いくらでもある。振り込め詐欺のような悪質な石のスープには充分すぎる注意力をもってほしいと思う。儲かる投資にしても、世の中そんな話がごろごろ転がっているはずがないのだから、慎重に考えて行動してほしい。

いろいろと話は尽きないが、こんな人も世の中にいる。

「困っている人があれば、あえて騙《だま》されていると気づいていても、私は石のスープを飲んであげますよ」

こんな人がいれば、それはそれで立派な人だと私は思う。

この民話は今の世の中にあって、いろいろと考えさせてくれる話で、興味がつきないのである。

Ⅷ　人間の生活と石

（一）縄文人と石

古代より石は人間の生活にとって、かけがえのない貴重な存在であった。

約一万年前に最後の氷河期を終えると、日本列島は旧石器時代にあたる縄文時代に入っていく。縄文時代は土器に縄《なわ》の紋様があるからこの名がついていて、数々の美しい形をしたものや炎のような激しい荒々しさを表現した縄文土器を私はあちこちで見てきた。

一方の石器についてであるが、知識が少なく獣（イノシシ）を追いかけて射る弓矢や槍《やり》の先の黒曜石でできた鋭利な矢じりを知っている程度である。黒曜石は火山から吹き上がった溶岩が時間をかけて冷え、固まって出来た天然ガラスである。当然、魚をとる釣針もあったに違いない。釣針を石から作るには困難である。いろいろと調べねば、このエッセイは前に進まない。

こんな思いをしている矢先、本年（令和元年）の夏に西宮の「辰馬考古資料館」で夏期教室展があり「縄文人の技術と心」のテーマで各種の展示品や資料に目を通すことができた。

（※口絵参照　「縄文人の技術と心」辰馬考古資料館）

縄文時代の土器や土偶も展示してあったが、私を釘付けにしたのは各種の石器であった。大型、小型の石棒や、その後の流れで石剣や石刀となってこの世に出現したものが、数多く並べてあった。石棒は石冠や独鈷《どっこ》石と同様に呪術・祭祀用の道具であると想定されている。生活用具として釣針、ヤス、モリの類や石錘《せきすい》と呼ばれる網や釣糸にくくりつけるおもりもあった。石匙《せきひ》は今で言うスプレターで動物の皮をはがすものである。上部に取っ手がつくってある。釣針はシカの角《つの》や猪の犬歯（牙）から作っていたが、シカが最上級らしい。シカの角は、固くて加工しにくかったが、水をかけながら作業をすると、うまくいったらしい。石《せき》斧《ふ》（いしおの）や石皿もあったが、皿は今日の皿の形と比べると、ずいぶん素朴である。

縄文人の社会では祭祀を執り行ない、そして既に身分に一定の差が生じていた。それは耳飾りや美しい翡翠《ひすい》の勾玉《まがたま》などのアクセサリーから窺《うかが》いしれる。

翡翠は新潟県姫川上流から産出していた。

何万年も前に日本人の祖先が、大陸から渡ってきたと言われている。祖先が南の方から渡ってきたという航海を実際にやってみようと、丸木舟を使って国立科学博物館の職員が本年

（令和元年）に実行した。台湾から沖縄・与那国島に男女5人が二晩夜通しで漕ぎ、45時間かかって無事、与那国島に到着した。

旧石器時代の人々にとっては、狩猟が主体だったので果して獣のいない島で生活できるのだろうか、疑問視されていた時期もあった。釣針があれば魚等の海産物がとれるし、航海中でも魚を釣りながら遠くの島を目指して渡ることができるのだ。釣針は既に見つかっており、丸木舟で航海できれば、すべて実証されるという快挙であった。釣針は沖縄本島のサキタリ洞遺跡（南城市）で出土しており、これが世界最古のものらしい。

ここで石笛のことにも触れておこう。石笛と書いていわぶえと呼ぶ。石笛の起源は今から約5千万年前の縄文時代中期にまで遡り、飛鳥時代には仏教文化の一部として活用されてきた日本最古の楽器である。

古代音霊《おとだま》を司って神霊を呼び迎えた。現在も一部の神道系流派に伝承されている。有り難くも不思議で神秘的な穴のあいた自然石は、人間が手を加えることを一切拒絶して、自然界の名匠が作り上げた究極の楽器である。5千年の時空を越えて蘇る神の笛であるが、最近では人工の石笛（レプリカ）が市販されている。

（二）弥生人と石

縄文時代はおよそ８０００年つづき、弥生時代へと入っていく。弥生時代の石鏃《せきぞく》（矢じり）が縄文時代のものと比べて飛躍的に大きくなり、弓矢が狩猟の道具から人を殺傷《さっしょう》する武器になっていく。

なぜ弥生時代になって武器となったかは戦《たたかい》が起こるようになったからだ。水田稲作ができるようになり人々は土地と水をめぐって争い、ムラとムラの争いになった。やがてムラ連合対ムラ連合の争いになって大きな戦いとなり人を殺す道具となった。

最近になって、弥生時代の砥石《といし》と考えられていたものが、実は硯《すずり》ではなかったか、と言われている。出土品を注意深く観察すると、砥石は使用しているうちに真中あたりが少し凹んでくるが、硯には凹がなく今の硯と形状が違い平板である。古代の中国でも平板型が用いられていたところから、その可能性は大であるようだ。

さすれば‼　漢字渡来以前の弥生時代に文字があったのではないか。中国大陸から入ってきた漢字でなければどんな文字だったのだろう。あまりにも大きな謎が湧き出てくる。

滋賀県安曇川《あどがわ》町の田園地帯にある安閑神社の境内に、陰刻された謎の文字がある。（※口絵参照　陰刻石と安閑神社）

湖西の地、安曇川町は古代史の舞台として魅力的であり、漂白流浪する海洋漁労の安曇族《あづみぞく》が住んでいたこともあり、朝鮮半島より海を越え百済、新羅、唐の人々が渡来してきた回廊でもあった。

謎の文字が刻まれた石は高さ1m、幅1・4mあり、一見して幼児が描いた絵のようであり、音符のような記号でもある。私は何が書いてあるのか判読したい気持の高揚を抑えきれず、その場に佇んでいた。安曇川教育委員会の説明板によると、保存以前は村の橋桁《はしげた》に使われていたとある。一説では古墳の一部を橋桁に再利用していたのではないか、と考えられている。文字の解明は未だなされていないが、この種の記号文字は歴史の貴重な遺産である。

この謎の、神代《じんだい》文字はかみよ文字とも呼ばれ、漢字伝来以前の古代日本で使用されていたと考えられている。主に神社の御神体や石碑、諸施設に陰刻されている。又、神事などに使われており、一部の神社では神符、札、お守りなどに使用されていたと言う。

「神代ノ文字ハ秘事ニシテ流布セス」とあるように一般の人に読解させないようにしていた

と考えられ、その種類は多い。伊賀や甲賀の忍者たちも連絡をとる場合などには、この暗号文字を使っていた可能性があるようだ。あちこちの古い神社には神代文字と称するものが存在しているが、偽の文字も多いようだ。なかにはハングルもどきの文字もある。

江戸時代から神代文字を肯定した平田篤胤や否定した貝原益軒などの著名な学者によって、その真贋《しんがん》については大いに議論されてきた。その結果、現存する神代文字は古代文字でなく、日本に固有の文字はなかったとする説が今では一般的となっている。学校の歴史で教えていないことは、通説として認められていないということだ。

その一方で神代文字存在説も根強くあり、現在でも「古史古伝」や古神道の関係者等を中心に支持されている。

毎日新聞（２０１６・11・30）によると、神代文字に思いをはせ全国から民間研究者や愛好者ら１５０人もの人がこの地に集まって研修会を開いた。当地の集落にあった旧三尾神社には、謎の古代史を記す神代文字で書かれた『発真伝《ほつまつたえ》』40巻が伝承されている。現存する最古の写本『発真政伝記』をテキストに集まった人たちは古代のロマンに酔いしれたことだろう。

（三） 家屋と石のつながり

近世にもなると人々は一軒の家を構えるのに、石を活用して生活の幅を広げていった。それまでは家らしき小屋のような住処であった。都では一部の貴族や武士等は邸宅を構えていたが、庶民は長屋暮らしが殆どであった。

木材が豊富な国だから家屋は木を活用するが、その土台や家の回りには石で囲んだ石垣がつくられた。厠《かわや》の横の手水鉢《ちょうずばち》や、座敷へと縁側より直接上がる客人のためには、くつぬぎ石等が置かれた。庭もつくられ形の良い石が置かれ、石灯籠も置かれた。山や川原より石を集めて花壇もつくられ四季折々の草花が植えられた。又、道より家までや庭には地面に平らな敷石を置くようにもなった。

家の中では床に盆石や水石が観賞用として飾られ、生活に潤いをもたらすものになっていった。

一方、生活の道具としても石は大いに活用されてきた。先ずは石臼が小さな物から大きな物までである。古里播州のわが家では、黄な粉や麨《はったい》をたくさん作る時、大臼を使っていた。ぐるぐる廻すために取っ手を木で組んでこしらえ動かしていた。お彼岸には餅や団子、半殺しを作るのに、大豆を煎って粉にした黄な粉作りに活用していた。半殺しとはもち米と米を半々に蒸し、棒でつつくのである。物騒な名がついたものだ。

麨は麦の新穀を煎って粉にひいたもので、湯でといたりして食べていた。私はこの中に砂糖をいれて食べていた記憶がある。今の世、麨は姿を消してしまったのだろうか。とんと見かけなくなった。

石臼から黄な粉や麨をつくる昭和の世も20年代まででこの風物誌は過去のものになってしまった。

都会では人々は石とどんなつながりをもっていたのだろう。庶民は長屋暮らしが多かったが、やがて宅地の開発により一戸建ての家へと変わっていった。そして昭和30年代頃より文化アパート、住宅公団や市営・県営の住宅や民間のマンションブームとなっていった。

兵庫県芦屋市若宮町に「若宮街かど広場」がある。国道43号線に架かる宮川橋の右岸１００ｍ余りの上流道路横にある。この界隈にあった数々の謂れのある石が石垣にして積んである。石垣の前には、かつて国道2号線を走っていた、路面電車の敷石も並べられている。民家にあった平べったい自然石「くつぬぎ石」や「手水鉢」もあり、かつては芦屋を流れていた川を利用して水車小屋があり、そこで用いられていた石臼もある。又、この地の山から大坂城築城時に各藩に割りあてられた「刻印石」や「矢穴石」も積んである。

少し老朽化して見えづらくなっているが、石の説明板もある。石垣の中で珍しい石があるのに気づいた。「石の身と皮」と題する石が組みこまれている。珍しい石なので何処かの邸宅に置かれていたのだろうか。丸い真中の部分や回りの錆《さ》びている部分も自然にできたもので、石は年月がたつとまわりから錆びていく。錆びている部分を皮とよび、錆びていない部分を身とよび、皮はもろく身はかたいという。

これらの石は花崗岩、通称御影石であるが、路面電車の敷石は瀬戸内海の島より運ばれてきたと説明してあった。この「街かどひろば」は草ぼうぼうとして、私のような愛石家には何だか遣る瀬なく思われた。その内、誰かが清掃してくれることだろう。（※口絵参照　手水鉢・くつぬぎ石と石臼・石の身と皮）

高野山の奥の院に行く道に、いろいろな昔の有名な人の墓がある。大きな墓石が多く、ある人は墓石を大きく造るとその家は没落すると言っていた。

何十年も前のことだが、奥の院につくと磬《けい》という古代の石の楽器が木立に吊りさげてあった。中国古代で石又は玉・銅で作られ、一枚だけの「へ」の字形をした石も多い。ここに置いてあったのは展示用の複数の磬でバチも置いてあったので私は叩いたが、中々いい音がした。夏の頃とて木立には蝉がうるさいほど鳴いていたが、鳴きやんだ。

磬打てば蝉鳴きやんで奥の院

磬は日本の仏教寺院では、法要の際の読経合図に鳴らす仏具として用いられている。奈良時代から製作され、平安時代には密教で必須の仏具となり、その後他宗派でも用いられるようになった。

墓石の本場としては、香川県の庵治石墓石が有名で職人が仕上げたものを、産地から直送してくれるようだ。六甲の花崗岩（御影石）も大いに利用されている。私は親戚のお墓参りに二十数年前に行ったとき、削り取っていない部分にGREECEの文字が墨で書いてあったのを見て、いよいよ墓石までも国際化の波が押し寄せていると思った。

庭石についてである。どちらかというと、墓石にも庭石にも私は関心が薄いのを認めている。姫路市大寿台在住の姪っ子が一昔前に新築の家を建てた時、庭師がこんな話をしていたよと教えてくれた。

「庭石はなあ、大きくて、ええもんを選びなはれよ、木のように剪定《せんてい》はする必要はあらへんし、だんだん年月が経つと苔も生えてきてええ石になりまっせ」

私はこの庭師の考え方に同感をよせている。姪っ子もきっと同感して夫と相談して大きめの石を庭に置いたのだろうと思った。

(四) 碁石と囲碁の遊び

私は道具としての石を語るとすれば、やはり囲碁の碁石だ。黒石は何といっても那智黒がよい。三重県熊野市に産する黒色頁岩または粘板岩が名品とされている。中国産の瑪瑙《めのう》も評判がよいようだ。瑪瑙は石英・玉髄・たんぱく石の混合石で美しい模様を表わしている。

白石は日向灘(宮崎県)の蛤《はまぐり》だ。蛤の白石には「縞という生長線」が見られ、細かいほど耐久性が高く「雪」と呼ばれ、比較的目の粗いものを「月」と呼んで区別している。

碁石の歴史は古い。『風土記』に記述が見られ『常陸国風土記』に鹿島のハマグリ碁石が名産と記されている。また『出雲風土記』に島根県の「玉結浜」の記載がある。

奈良県明日香村の藤原京で発掘された碁石は丸い自然石であった。自然石の碁石は江戸時代まで使われていたようだ。

白石はハマグリの貝殻を型抜きして磨いたもので、代表的な産地は前述の鹿島海岸や志摩の答志島、淡路島などがあった。その後江戸時代の文久年間に宮崎県日向灘沿岸で貝が採取されるようになり、明治中頃には他の産地で採れなくなった。今日に到って日向灘産も取り尽くされ、ほとんど枯渇してしまったようだ。現在一般に出回っているものは、メキシコ産である。

碁の用具は黒白の石以外に、碁盤と石の入れ物・碁笥《ごけ》があればよい。これらも最高級の上物を紹介すれば、碁盤は本榧《ほんかや》、碁笥は桑、それも島桑が一級品で値段の桁が違う。次いで柿、紫檀《したん》である。

碁石、碁盤、碁笥とも最高級品を取り揃えれば、金一千万円也はすると言われている。いい道具を揃えたからと言って、決して強くはならない。日頃の鍛錬が重要であるのは言うまでもないが、参考までに書いてみた。骨董としての投資価値は若干あると思う。

「固い石の話はおもしろくないわ」と言われそうなので、番外を書いておこう。

囲碁は手談とも言われ対局中は無言がよいのだが、思わずボヤキや溜息、一人言が出てしまう。

「サアサア」と一息入れるや、すかさず相手は「サアサアと言われても金持ち金貸さん」

「アッ」と声が出た、大石が絶対絶命だ。

「アッと言ったらこの世の別れ」見事な一手であった。

「ヨシッヨシッ」と自分に気合を入れている。

「泣くなよしよし」にならないように頑張ってね。

「ハハーン」と相手の手の内がよめたようだ。

「ハハーンは母の三回忌ですか」とからかっている。

どれもこれも落語を聞いているようで楽しい対局である。冗談だけは相当の高段者の位だ。

ところで、流れ石ってご存知？　これも対局中の会話である。

「さすが流れ石ですなあ」

「えっ？　流れ石だって。碁もお強いが冗談も強いなあ。流石《さすが》ですなあ」

私は友人の対局を横で観戦していて、思わずクスリと笑ってしまった。

家に帰り早速、流石の当て字の由来を調べてみた。

中国の古い時代、晋《しん》の孫楚《そんそ》が「漱流枕石」（流れに漱《そそ》ぎ石に枕す）というべきところを「漱石枕流」（石に漱ぎ流れに枕す）と言って譲らなかったという故事がある。

この故事をもじったものではないかという説が有力である。

夏目漱石（本名夏目金之助）はこの故事を面白いといってペンネームにした、といわれている。

番外の延長で囲碁礼賛を一言。

囲碁はボケ防止にいいいし、何よりも何もかも忘れて囲碁の世界に没頭できるのがよい。老人の囲碁は勝ち負けは二の次だ。その上に、いい碁敵《ごがたき》が見つかれば最高によい。碁敵は棋力が互先で、年齢も同じ程度がよい。

私の碁敵は芦屋市平田町在住の親友で、しかも生れは二人とも播州である。時々播州弁がでるのもご愛敬。もう百勝百敗はこえているだろう。

「お互い元気でボケず、百歳まで生き延びて百歳碁を打ちたいものだなあ」

どちらが言い出したか忘れたが、百歳碁が打てる。それは二人のロマンチックな夢なのかもしれない。

IX　創作短編小説

石になった男

（一）月と交信する石

四国高知に清流四万十川は流れる。

ここには剽軽《ひょうきん》ものの獺《かわうそ》がいて魚を追いかけ、捕った魚を川原に並べ祭り事をするという。

そんなロマンチックな世界を秘めた四万十川では今でも柴づけ漁や火振り漁など伝統的な漁がさかんに行なわれている。

もう十数年前になるだろうか。龍馬誕生の地ということもあって高知に旅心がわき、リュックを担ぎ気軽な一人旅を一週間ほど満喫した。

その時のことである。この四万十川の下流に近い川原をうろうろしていると、夕方、川霧がかかった中に、西日に反射してキラッキラッと光る拳《こぶし》大の丸石を目敏く見つけた。その石は薄青色でしま模様を浮かべている。誰にも気づかれず、よくぞ私のものになったと宝物を拾った気分で大事にタオルに包み、リュックの底にいれて持ち帰ることにした。この石、四国山地から湧き出る清列に満ちた流れに揉《も》み揉まれ、転び転ばされ山の中腹あたりから、計り知れない年月を経てはるばるこの地までやってきて川原で一休みしていたのだろうか。丸みを帯びているのはそのせいにちがいない。

石を眺めるのが楽しい日々が過ぎ、ある満月の夜のことであった。

その夜は風呂からあがるや、疲れていたせいもあって、すぐにベッドに横たわり一眠りをしたあと目覚めた。カーテンも窓も締め忘れたまま眠りについていたらしい。

気がつくと、部屋の奥まで月光がさし込んで、丸味を帯びた石が光を浴びて妖しい薄紫の光線を放ち、まるで月と交信しているようではないか。その光、窓から眺めると何と遠くまで薄紫の飛行雲となって長くのび初秋の夜空を華やかに彩っていた。星たちも大きく見え、この交信を大歓迎しているようだった。

まさか、まさか、夢かと飛び起きてこの様子をじっと見つめていた処までは覚えているのだが……。

いつのまにか私自身が消えさり、この石の中へと魂を入れられているのに、やや間をおいてから気づかされた。何が何やら心の整理なんか何もできていないままなのだ。まして身内への連絡や身辺整理も勿論できていないまま、忽然と私の人としての姿が消えうせているみたいだ。

しばらくすると、私の魂が入ったまま、石はアッという間に猛スピードで飛び立ち、月へと向っていたようだが、なぜか百数十キロをこすぐらい離れた、とある鄙《ひな》びた漁村の草むらの中へと落下してしまった。

（二）石の中の私

さてさて、石の中で私は悶々《もんもん》の日々をおくっている。年老いた男が元気に一人暮らしをしていたが、ある日突然に消え失せたとなると、これは確かにいったんは事件として警察は捜査にのり出してくれるだろう。兄弟、子供たちも捜してくれるだろうが、はっきり言って、それは徒労で、見つかる筈はないのだ。近親者に別れの挨拶や、ましてや、ささやかな葬式もなしに忽然と姿を消すとなると、やはり、どう考えても理不尽である。捜査もそのまま立ち消えになってしまうにちがいない。情けないを通り越して自分が哀れで、私はいつの間にか気が遠退《とおの》くばかりだった。

最近の社会ニュースによると、わが国では行方不明の人が数万人あると報道していた。超高齢化社会となって、大半の人たちは認知症による徘徊や事情あっての家出が原因で、わが家に戻れず、結末はいろいろあると思う。私もこの人たちのようにせいぜい交番の公告に写真入りのポスターになって貼られることになるのだろうか。私は最近少しボケが進んでいたとは言え、物書きしたり、囲碁も下手なりにきちんと打っていた。対戦相手より私の方がルールに忠実でマナーもよいと、負けてもいつも、それでよいのだと自分に言いきかせていた。年老いて碁を打つのは楽しければそれでよかったのだ。

さて、この先私はどうすればよいのだろう。考えても考えても、いい知恵は浮かばず途方にくれている。

唐の時代、李景亮が「人虎伝」を書き、中島敦がこの作品より「山月記」の小説をかいたことはよく知られている。虎になった男・李徴《りちょう》と石になった私は、似たような境遇だが、あの虎はかつての親友と茂みの中から話ができていたではないか。それに比べて、この私の身の上が数倍不敏だと、自分自身を又又、哀れんでいる日々が続いている。夏目漱石のように「則天去私」の心境には、はるか遠くに及ばない。

普通の人のように畳の上で命が尽き、医者の「臨終です」の言葉を聞き旅立つ人が羨ましくも思えてくる。私も閻魔大王の裁きをぜひ受けたいとも思えてくる。

私の親友に一旦あの世へ旅立ったが、閻魔大王の粋な計らいによって、再びこの世に戻ってきている人がいる。彼は海水浴中におぼれている子供を助けたが、相当沖の方まで共に流され、浜辺に着いた時には、脳貧血を起こし三日三晩気を失っていた。その間彼は庁舎の門をくぐり、受付で手続きを終えると、獄卒の牛頭に夜伽《よとぎ》をしてもらっていた。彼はあの世で大学時代、文才で仲の良かった友に逢いたいと願うと、呼んでくれて偶然にも出逢えたと前置きして、こんな話をしてくれたことがあった。

最近のあの世では、「星空の閻魔帳」と呼ばれる超々大型ともいえるスーパーコンピューターが導入されており、この世に生を受け死を授かるまでの一部始終がインプットされているという。何年何月何日何時何分になにをしたか、考えたか、また喋《しゃべ》ったか、すべて一目瞭然に記録されているらしい。さすれば当然、私が四万十川で石を拾って持ち帰ったことも、当然インプットされているのに違いない。

あの世に旅立つ前に既に裁きがあって、こんな形にされたんだろうか。石好きの私ゆえに、とんだ失敗をおかしてしまった。私は川原で拾った石を毎日眺めて、楽しんでいたが数ヶ月後、この石にとっては元あったところの方が幸せに暮らせると思うようになっていたようだ。そう気づいた私はいつか再び四万十川を訪ね石を返すつもりだった。それがその内その内と思っている間に月日はすぎ去っていった。行けなければ四万十市観光協会に手紙をかき、事情を書いて宅配便で送り届け依頼すべきだったと思う。「後悔先に立たず」今更どうすることもできない。自力脱出もできず、身体の痛みなんかより、今の私は数倍、この苦しみがこたえている。

私は思考する気力も徐々にうすれ、ただ、ぼんやりした日々を送っているにすぎない。私の人生で、いろいろあった思い出のみが、宝物となって存在しているのが唯一の慰めであり懐かしさでもある。

（三）心の流転

私は一時血迷った。何もこの年までに、これといった悪いこともしていないのに、誰がこんな仕打ちをしたのだろうか。川原で拾った石を自宅に持ち帰っていたことが、そんなに悪事とは思えないのだ。

仏教の世界では、あの世で十王の裁判が全て終ると、その後のすすむべき道、六道が決められる、という。六道とは地獄・餓鬼・畜生・修羅・人間・天上である。六道輪廻とは六道の間を生れかわり、死にかわりして迷いの生をつづけることなのだが……。しかし「石の中」なんて入っていない。あれば七道輪廻といわれているはずであろうに。

私としての人間はあのままでは、やがて命はつきる。それはそれでよいのだが……。しかし待てよ！　よくよく考えてみよう。私にとって石になるのが幸か不幸かわからないではないか。

しかし、石に生まれ変わったとなると、あの世でもとは人間であった父母や祖父母は、一体お前は何をしていたんだと責めるかもしれない。両親や祖父母の先祖も生前は、なにかと石にはお世話になっていたのに、どうして石になるのが悪いのかと私は反問したが、黄泉の国の人からは確とした答えは返ってこなかった。いよいよ私は石になる覚悟をしなければならなかった。

ここは鄙びた漁村の草むらの中で、石になった私は大石の岩でなく拳《こぶし》大の石である。誰かが私を見つけて早く違う場所に連れていってほしいと思う日々が続いている。私が石になったのは夏も終り、暦では初秋で秋、冬、春と季節は巡り、今はもう初夏のようである。時刻のない毎日なので、ただぼんやり季節の移ろいらしいのを感じているだけだ。

それにしてもこの地は一体何処なんだろう。道行く人々の会話に耳をすまして聞いていると、ところどころに聞き慣れた播州弁が入っているように思う。私は播州でも浜辺でなく山間部に生をうけた男である。播州播磨といっても、かなり広い地域なのだ。ある日、ムロとかムロツとかの言葉を聞きもらさなかった。多分室津港に近い海岸べりだと推測している。

（四）漁村の家にて

ある日のことだった。

学校帰りの少年が立小便をしようと草むらにホース先を向けようとした時、私の石がキラッと少し光ったのを目敏く見つけ、放出するのは少し横にずらし、用をすますと道端まで私の石を持ってきて蹴って転ばし始めた。一緒に帰宅していた仲間の話を聞いていると、サッカーの小学生大会で優勝したキャプテンだけあって、中々転ばすのは手慣れたもの、いや足慣れたものである。自宅まで転ばしながら連れて帰ってくれるのだろうか。途中、海が見えてくると、何を思ったのか、海に向ってこの私の石を思い切り蹴った。石はシュート回転して海に投げ込まれず、又道に戻ってきた。そのまま少年は道端に踞《うずくま》っている。石を蹴った時、足の親指を少し負傷したようだ。爪が割れて血が出ているらしい。それでも中々のサッカーの虫、痛いのを辛抱して今度は左の足で転ばしながら自宅に帰ってきた。一緒に帰宅していた友達が何度も心配して大丈夫かと聞いていた。

傷の手当をしながら、母親が根掘り葉掘り私の石のことについて聞いている。話をすべて聞いた母親は、興味津々である。今は光っていない只、丸い模様のある石にすぎないが、見つけた時は光っていたとか、海に向って蹴ったが戻ってきた事を聞いて、こんなことを言った。

「ひょっとすると、この石には神さんが宿っていて、何かええことがあるかもしれへんよ。とりあえず、神さん棚に飾っておこうよ」

半紙を置き、石の私は神さん棚に鎮座させられた。妹も帰ってきて、この話を聞き踏《ふ》み台を持ってきて、私を覗いていた。

夜の十時すぎに、一杯機嫌で漁師の父親が帰ってきた。細君と子供の話を聞き、「それは、それは、大事にして飾っておけ」というのかと思ったが、けんもほろろに……。

「そんなもん、只の石じゃ。お前らはそやから頼りないんじゃ。一郎は来年は中学生になるのじゃ。もう少し、しっかりせにゃならんぞ。お前もいつまでも、そうか、そうかではあかへんぜ。明日早速、その石、川原に捨ててこい！」

母親も負けていない。

「今日は不漁やったから機嫌が悪いんでしょうよ。いつもそんなにガミガミ言われたんでは私らだってたまったもんじゃない。持って帰ってきた子供の気持ちも少しは考えてやってくれんとな。この石、大事にしてやってくれと一郎は私にたのんだんですよ」

棚の上で、この会話を聞いていた私のほうも気が気でない。川原に捨てられるのも淋しいが、私のせいでこの家がこわれたんでは全くもって忍び難いからである。

「石が飛んで曲って又、元に戻ってきたと……それは錯覚じゃろ。そんなこと有るはずがないわい。まあ、そんなこと、どうでもええ、わしは寝る」

すぐに大きな鼾《いびき》をかいて寝てしまった。

漁師の父親は早朝五時に起きると、今日も漁に出る準備をしている。ふと、昨晩のことを思い出すと、神さん棚の石を持って家を出、そのまま漁船にのせて沖へと向った。どうも私が推察するに、又、息子が蹴って怪我でもしてはいけないので海へ捨てるつもりだったようだ。又、細君がかってに神さん棚に祭ったのも気にくわなかったようだ。

さあ、その日のことだった。いつもと違って大物のチヌやハマチそれにガシラも釣れること、釣れること。いつのまにか、この石を捨てることを忘れてしまっていた。漁業組合に魚を引き渡し、その日は寄り道もせず、自宅へ上機嫌で帰ってきた。石のことを聞かれても、自分がよさそうな石なので預っているといったきり、それ以上話の中に入ろうとしなかった。

明くる日も、次の日もナントマア、釣れて釣れて、これは一体全体どうなっているのかと、船の上で小首をかしげて考え込んでしまった。ひょっとすると、妻や子が神がかっていると言っていた、あの石のせいかもと石の私が舳先《へさき》に置きっぱなしにしていたのを思い出し両手で押しかかえ、今度は深々と一礼するのだった。その時だ。船が大きく揺れて漁師が身体を傾けた拍子に、私の石は海の中へと落ちていった。漁師は「ヒャッー」とか「キャアー」とか、何かわけのわからぬ叫び声をあげていたが、後の祭りだった。

おかげで今度は私は未知の海で暮らすことになった。陸上と違って海の世界の住み心地は如何なものだろう。私には既に開き直りという持前のあきらめと度胸ができている。私はこれでよいとしても、漁師は自宅に帰り、妻や子にどんな言い訳をしたのやら、この私には知る由もない。

（五） 海底での暮らし

ここは海の底。播磨灘の室津港に近いところなのだろうか。海面の明るさが、ぼんやり見えているので水深は４〜５ｍぐらいと推定できる。海水は清く澄んで、楽しげに泳いでいる魚たちが見えている。草むらの中に転んでいた時より、今の環境の方がうーんとよい。時々、大きなアナゴがきて珍しそうに私を覗《のぞ》きこんでいる。ある日のこと、このアナゴが何を思ったのか、私の石を口でつつきながら、転ばして遊びはじめた。時々、キラッと光るものだから不思議に思って近づいてきたのだろうか。アナゴが遊びあきてこなくなったと思ったら、今度は大きなハモがきて同じように口でつつき遊んでいた。ハモはアナゴが遊んでいたのをみて真似をしているのだろうか。

魚の様子を毎日見ていると、口が人間の手の働きをしているようだ。ある日、大きな魚が口に蛤《はまぐり》をくわえてやってきた。何処かで割って食べるのだろうか、それとも辛抱づよく待って口を開いたら狙い打ちするのだろうか。

天候が悪く時化《しけ》の日は大変である。海の中は真暗闇であちらへころころ、こちらにころころと、大分最初の地点より東の方に流されているようだ。今の位置は家島に近くなっているのかもしれない。それにしても時化のたびにそれほど猛スピードで移動しているのは石の私にとって不安が募《つの》るばかりだ。

草むらの中では動けずに一年近くもじっと耐え忍んで、誰かが見つけてくれるのをひたすら待っていたのが、今度はそうはいかない。このままだと運命はどうなるのだろう。それにしても石なのだから今更ジタバタしてもはじまらないと、自分で自分に言い聞かせている。

あちこちへとよく移動させられたと思っていたある日、岩と岩の隙間にはさまって動けなくなった。ここは一体何処なのだろう、全く見当がつかないでいる。

かつて人間だった頃、一緒によく外国旅行にも行ったことがある、船長をしていた方がこんなことを旅行中に、ふと言ったことがあった。

「陸上でも海上でも、どの位置にいるのか地図がないと私はすごく不安なんですよ」

私はこの言葉を思い出したのだが、今は陸上でもないし海上でもない。海底なのである。海底地図なんてあるのだろうか。あれば面白いのになあ！　と妙なことを考えたりしている。

もうアナゴやハモは遊びに来てくれないし、又又、退屈な日々である。

今日も退屈だなあと思っていたある日のこと。今度はいきなり、大タコがやってきて足を拡げ、私の石を抱え込んでしまった。やっと岩の隙間から脱出に成功した。足が太短《ふと》いところを見ると、このタコは名がよく売れている明石タコに間違いない。タコツボに入って、はかなき夢を見たという芭蕉の名句を私は思い出した。

蛸壺やはかなき夢を夏の月

海の底にいて夜が明ければとらわれの身、短夜を壺の中でむなしい夢を結んでいる、という句だ。

少々光っていたかもしれない石をつかまえて、夢を見るこんな大タコもいるのだろうか。岩の隙間から脱出したこともあって、私の心は弾んでいる。されば、ここは一句つくれると吾ながら愉快になってきた。

名月や夢みる蛸は仏かな

ある日、天下を取った気分でいるタコの前に海へビがやってきた。いよいよ喧嘩がはじまるかと思った時、大タコは口から墨を吹きたちまちへビを退散させる一幕もあった。

すでに私の石は大タコに運ばれて島に近い水深2~3mのところに運ばれてきている。よくぞタコさん運んでくれたと感謝している。タコは「私の役目はここまでですよ」と言わんばかりに、何処かへ行ってしまった。この島は播磨灘に浮かぶ家島にちがいないと勝手に決め込んでいる。

タコは薬師如来の化身なのかもしれない、と思い先程の句を詠んだ。そう言えば京都四条河原町の新京極通りの一角にある蛸薬師にお詣りしたことがあった。墨を吐いて暗闇になっても見える目を持っているので眼病を治すと言われたり、吸盤によって吹出物や悪性の腫瘍《しゅよう》までも吸いとってしまうご利益があると聞いていたからだった。

私が岩に閉じこめられているのを知って、何とかしてやろうと、この地まで運んでくれたのはこの薬師如来さまに違いない。

（六）希望の光

陸上でおよそ一年、海底でも同じくらい経っているのだろうか。季節は秋とみえて満月が煌煌《こうこう》と照らしている。そんなことを思っている時だった。

突然に、非常事態発生だ。

月の光線がサッと海面を突き破って、私の石を目がけて交信をはじめたではないか。いよいよ、かぐや姫以来の月の国への旅立ちかと躍起になって、心が高ぶってくる。

やがて波間は満々として空に連なり、アッというまに再び天空へと舞い上ったのである。この石の私には二度目の経験だった。前回は失敗に終ったので、月の国へは再度の挑戦になるのだが、それにしてもかぐや姫の時のように迎えの従者たちは誰一人としていない。私は不安を隠せないでいる。

しばらく石の私は空高く舞い上っていたようだが、やがて位置をかえると、今度は水平に飛んでいるようだ。引力というかエネルギーのなさで月へ向かうのは困難のようだ。私はとにかく不安がいっぱいだ。

そんな不安が的中して、又もや、気がつくとある地点に落下していた。

(七) 夢か現《うつつ》か

空高く舞い上がり飛行を続けていたが、残念無念、最後はまたまた地上への落下となってしまった。ゆるやかに落下して着地と思いきや、オヤオヤあの宝石のように大事にしている石のそばに、この人間の私が佇《たたず》んでいるではないか!! 驚きを通りこして、もはや気絶寸前である。

そんなことが現実の世界にあるのか、あるはずがないだろう。一体全体これはどうなっているのか。私の頭脳は混乱して思考力は既になくなっている。飛び立った時のパジャマ姿で、しかも素足で秋風の吹く暮れなずむ広い川原にポツンと一人座りこんで、ぼんやり考えこんでいる。私の魂が入っていた薄青色でしま模様の丸い石は、そのまま目の前にあり「何事が起きたのかね、もう少ししっかりしないとだめじゃないか」と冷たく言い放たれているように思えてきた。

さて、どうするか。ここは日本には違いないが何処なのだろう。私はこれからどうすればよいのだろう。このまま死んでしまいたいとも思う。ともあれボケ老人のように何もわからず、ポカンとして首をかしげているままだ。

誰かが交番に連絡したとみえ、年輩のポリスマンがやってきた。手には懐中電燈を持っている。

「ここで、おまえは、どういたが。何処からきたがあ?」

「警察の方に、こんな話をしても信じてもらえんだろうが……」

こう言って長い話をしはじめたが、ポリスマンは口を開けたまま「認知症の老人はさもありなん」と思い込んでいるようだ。私は「よしわかった」と勘づき、ここはボケ老人になっているしか道はないととっさに腹を決め、このポリスマンに頼ることにした。人がよさそうな方なのでおまわりさんと呼ぶ方が適切だろう。

「ところで、ここは何処の川ですかいな」

「知らんちゃあ、四万十川という有名な川ぞ」

それを聞いてびっくりしている。何と石は元あった場所に舞い戻っているではないか。この驚きは、おまわりさんに言ってもはじまらない。映画の終りの場面のみを見て、粗筋《あらすじ》がわからないのと同じである。おまわりさんは職務上の務めが大事で、そんなことには一一《いちいち》かまっておられない。

「あんたが怪我しちゅうが」

「べつちょうないがな、大丈夫や」

そして、住所、氏名、年齢を聞かれたので、メモを要求して、ありのまま書いた。暗くなったので懐中電燈で照らして読んでいる。「きれいな字で意外にしっかりしている所もあるがやき」といい、次々質問を続けた。

「ここまで、どうしておいでたか」とか、「お金は持っているか」とか、何やかや聞いてきた。

私はありのまま答えた。最後にこうも質問された。

「誰かに迎えに来てもらったらいいんじゃが……」

「誰よりも兵庫県の西宮にいる長男を呼んでもらえんかな」

長男の氏名、住所、電話番号も答えると、わかったと言って高知署にケイタイをかけはじめた。

「ああ、まっこと。わしもこの顔を交番のポスターで見ておったがあ」

いよいよ現実の世界となってきた。

おり返し電話があり、息子が、こちらに向って来るという。西宮からなんで明朝になるだろうが、服や靴を持って、こちらに向うとのことだった。

「とりあえず、旅館で今夜はゆっくり休むことじゃ。食事もたのんでおくし……。まっこと、何処かで野垂れ死にしなくてよかったがあ」

そして、こうも言った。

「本来は高知署で一夜あかすところを、わしがよう頼んでおいたがやき。高知署のえらいさんにわしの知り合いで飲み友達がおったがやき」

あらためて、人のよさそうなおまわりさんだとつくづく思った。

「さあ、わしの車に乗って旅館に行くぜよ。そこで今からあらためて高知署の事情聴取があるがちゃ」

私は腹を決めて懐中電燈の灯をたよりに、おまわりさんの後をついて行こうとしたが、咄嗟《とっさ》にこの魔法の石を、おまわりさんに気づかれないようにして、パジャマの大きなポケットに入れるのを忘れなかった。石が大きかったせいでポケットは少し破れた。

高知署の巡査部長が来て型通りの取り調べがあった。こんな重症にもかかわらず、自宅で一人暮らしがよくできていたと不思議がっていた。多分、旅を続ける内に症状が悪化したのだろうと言っていた。そして、どうして四万十川までたどりついたかも聞かれた。私は「郷に入れば郷に従え」で、ここは徹底的に認知症の患者に装うしか道はないと思った。私は「うそも方便」とばかり、こんな作り話を巡査部長や巡査長のおまわりさんにしてごまかした。

私は一人歩きの旅に出たく、貯金を四、五十万円おろして中国地方から四国まで、ぶらぶら旅を続けていた。ホテル、旅館は高くつくので夏の間はいろんな所で野宿としゃれていた。この川で身体の垢《あか》をおとそうと少し冷たい川に入ったのが、事のはじまりで、水嵩《みずかさ》が急に増し、川辺においていたリュックや服、靴など川下に流されてしまった。幸いパジャマを洗濯して大きな岩の上に干していたのでスッポンポンにならずにすんでよかったと言った。二人は声をたてて笑ったので、私もつられて笑ってしまった。

旅館の女将《おかみ》さんには警察から事情を話されて、明朝、息子さんが迎えにくるからと、言い残して二人は帰って行った。「今晩どこの店にするがあ」の会話が玄関口より聞こえてきた。多分、二人の今晩の酒の肴は私の話でもちきりになるのだろう。

食事が部屋に運ばれてきた。十年前に食べた郷土料理と同じで、ウナギの蒲焼き、テナガ海老のテンプラ、鮎の塩焼、ゴリの佃煮等で舌鼓をうった。熱燗も一本ついていた。久し振りのお酒の酔いもあって、一晩ぐっすり寝て朝を迎えた。

（八）石とのお別れ

明朝、息子が旅館に尋ねてきた。

「お父さん大丈夫‼　大分認知症が進んでいたんだね。ずいぶん心配して親戚の人たちもさがしまわっていたんだよ。丸二年ぶりに、まさか高知の四万十川の川原にいるとは信じられんかったな。でも、よかった、よかった。とにかく、見つかって何よりだった」

父親思いの息子はこれ以上、二年間のことは何も聞かなかった。芦屋の自宅に帰れば認知症の認定や介護認定もうけ、施設のいい所をさがし、入室しようとも言っていた。

私は芦屋に帰る前に、一つ願いごとを聞いてくれ、と息子にいった。

「今から観光協会にいって、石を持って帰っていたことをお侘びして、今度は川底に戻してやるので立会ってもらいたいと頼んでくれへんか」

「石にすごく、こだわっているんやなあ。この石、お父さんの部屋にあったのを覚えとるよ」

息子は観光協会に行かなくても、と反対するかと思ったが、素直に観光協会の場所をスマートフォンで確認していた。私としてはこの石と別れるのが、どんなに淋しいことなのか、むろん息子や警察の方や観光協会の人にもわかる由もない。

四万十市観光協会に行くと、女性職員の方が応対してくれた。

「わざわざ石を戻しにこられて、ご苦労さん。何ときれいな石ですちゃ。石は元の場所にあった方が、きっと幸せですちゃ。川原だったら誰かが見つけて、又持ち帰りますから、今から川下に行って橋の上から落とそうよ」

そしてこうも言った。

「石は神聖な不思議なものなのですよ。石にまつわる神聖な話はたくさんありますちゃ」

この話しぶりで、二年間この石と一緒に辛苦し、葛藤したことから洗われたような気になるのだった。

私は石を握りしめ、「さようなら、さようなら」と言うと、急に目頭があつくなり、涙が次から次へと流れ、止まらなかった。石は橋の中央あたりより、清き流れのロマネスクに満ちた四万十川の中へと帰っていった。

仲間の石たちが、「お帰りなさい」と口々に祝福しているのが、私の耳にははっきり聞こえてくるように思えるのだった。

おわりに

「石は黙ってものを言ふ　直かに心にものを言ふ」と詩人・堀口大學は詠んだ。私は心を落ち着け、耳をすまして石に向って聴いてみた。人里離れた山路の石は、侘《わ》び寂《さび》の世界が広がっており、私の魂はその石の世界へのめり込んでいくようだった。石はそんな魅力を秘めて、人間にひしひしと迫ってくる魔術をもっている。

前著『石語り人語り―石や岩の奇談をめぐって』の出版パーティが本年二月にあり、その半月後、私は持病の腰痛が再発して遠くへの外出は困難となった。その時思ったことは、何をして遊ぶか、どの本能と遊ぶかであった。高齢者になったとはいえ、何もしないでいるのは余計苦痛である。人間一人で遊べる趣味を持っていることは、大きな財産である、とつくづく思った。

私は物書きの世界に没頭しつづけた。痛い足を引きずりながら、何回か芦屋や西宮の図書館通いをしたり、夜中に目がさめ、愛用のタブレットで検索しながら書いたこともある。この腰痛（脊柱菅狭窄症）は、幸いにして自転車やスーパーの買い物車は痛みが伴わないのである。広いシニアマンションの中でもシルバーカーの利用で何とか用をたすことができた。

生原稿２００枚を一応の目標としていたが、お盆の前の猛暑がつづいている時に脱稿することができた。その後も30枚ほど推敲しながら追加して秋を迎えた。こんなにピッチが上っているとは我ながら不思議な気がする。これはわが師や諸先輩の励ましの賜物だと思う。それに石という以前から興味のあった物に的をしぼりライフワークにしたのも幸いしている。

横浜より芦屋のシニアマンション「海洋レジデンス」に来た長女は、執筆に精を出している私を見てこう言った。

「お父さん、また本を出版するつもりなの？　よくそんなことができるなあ。でも株式をいじくったり、原稿を書いたりするのが苦ではなく、楽であればそれはそれでいいのかもね」

拙著をプレゼントとした医者の一人は、こう言われたので嬉しかった。

「いい趣味を持つことは長生きの秘訣ですよ」

本著の紀行文の中に連れ合いのことが時々でてくる。口絵の「藍染の店にて」は、ありし日の元気な姿が写っている。五年近くの闘病生活も薬石効なくあの世へと旅立っていった。ここに、いろいろとお見舞等のお心遣いを頂いた方に謝辞を述べておきたい。

秋晴れの日を選んでや妻逝きぬ

石にとりつかれた男、小説家でフランス文学者の澁沢龍彦（一九二八―一九八七）は語っている。

「思うに、石のもつそれ自身の美しさ、それ自身で完結し、もうこれ以上手を加える必要のない美しさには芸術品のあたえる感動などよりはるか以前の、人間の心に直接触れる、原初の喜びに近いものがあるにちがいない」この名言に私は同感している。

今回も諸先輩や読者から、いろいろな資料の提供があった。「石になった男」の文中、高知弁も友が教えてくれた。みなさんのあたたかいご声援があってこそ『石を訪ねて三千里』の出版ができたと思っている。

最後に詩人で文芸評論家の倉橋健一氏や出版社の松村信人氏、装幀の森本良成氏、データ作成の山田聖士氏に厚く感謝の辞を述べておきたい。

令和元年、最初の師走を迎えて

二〇一九年十二月のよき日

参考資料

石の分類

岩石は大きく分けて堆積岩、火成岩、変成岩に分類される。

（1）堆積岩

水中（主として海中）に堆積した砂や泥などが長い時間をかけて押し固められて岩石になったもの。

○岩くずが堆積してできたもの。

砂礫《されき》岩　砂岩　泥岩

○生物の遺骸が堆積してできたもの。

このような岩石には多くの化石が含まれる。

石灰岩　チャート

（2）火成岩

マグマが冷えて固まった岩石。
○マグマが地上もしくは比較的浅い地下で固まってできた火山岩。
玄武岩　安山岩　流紋岩　黒曜岩
○マグマが地下深いところで固まった深成岩。
斑れい岩　閃緑岩《せんりょく》　花崗岩（御影石）

（3）変成岩
もともとあった石が光熱や高圧で鉱物の組み合わせや組織が変化したもの。
○主に熱で変化したもの。
ホルンフェルス　大理石
○主に圧力で変化したもの。
結晶片岩　片麻岩

参考図書一覧

『万葉十二ヵ月』犬飼孝　新潮社
『私の美術遍歴』第四巻　亀井勝一郎　講談社
『日本古代史大辞典』監修編集　上田正昭　編集委員　井上満郎・愛宕元・西谷正・和田萃　大和書房
『日本歴史人物事典』編集　朝日新聞社
『古代史歴史散歩』編集　武光誠　講談社文庫
『古代史謎めぐりの旅』関裕二　ブックマン社
『ガイドブック　奈良・大和路』徳間書店
『てくてく歩き⑬　奈良・大和路』実業之日本社
『歴史旅悠々』写真と文　幸山正人　サンライズ出版
『巨石めぐり　関西地学の旅』編者　芝山元彦　共著　東方出版
『街道をゆく』湖西のみち・竹内街道他　司馬遼太郎　朝日新聞社
『街道をゆく』韓のくに紀行　司馬遼太郎　朝日新聞社
『街道をゆく』中国・江南のみ　司馬遼太郎　朝日新聞社
『街道をゆく』中国・蜀と雲南のみち　司馬遼太郎　朝日新聞社

『ＮＨＫハングル講座テキスト』テキスト　一九八五年七月号　ＮＨＫ出版
『韓国を歩く』編集　尹学準・黒田勝弘・関川夏央　集英社
『静かな朝の国慶州』金勇秀発行　宇進観光文化社
『観光扶餘』金勇男　宇進観光文化社
『韓国の旅ガイド』韓国観光公社
『炉辺歓語』河井寛次郎　東峰書房
『白洲正子と楽しむ旅』とんぼの本　白洲正子　共著　新潮社
『観光コースでないソウル』佐藤大介　高文研
『韓国文化シンボル事典』監訳　伊藤亜人　編訳　川上新二　平凡社
『北京―都市の記憶』春名徹《あきら》　岩波新書
『地球の歩き方　北京』ダイヤモンド・ビッグ社
『地球の歩き方　中国』ダイヤモンド・ビッグ社
『地球の歩き方　上海　杭州　蘇州』ダイヤモンド・ビッグ社
『北京』森永博志　写真　李長鎖　東京書籍
『街物語　北京・西安・敦煌』発行人　岩田光正　編集人　神部隆志　ＪＴＢ
『中国歴史の旅』（上）（下）　陳舜臣　集英社
『北京の旅』陳舜臣　講談社文庫
『長安から北京へ』司馬遼太郎　中公文庫

『じっくり北京・もっと北京』屈《くつ》明昌　高橋通子　元就出版社
『東巴文化精選』李錫　阿元編著　嶺南美術出版社
『石の万葉集』小冊子　伊奈忠彦
『中国少数民族民話』辻元《はじめ》訳　発行者　飯島徹　未知谷
『石の羊と黄河の神―中国の民話』石川鶴矢子　筑摩書房
『せかい1おいしいスープ』マーシャ・ブラウン作・絵　渡辺茂男訳　ペンギン社
『オオカミと石のスープ』アナイス・ヴォージュラード作・絵　平岡敦訳　徳間書店

落山 泰彦（おちやま やすひこ）
1938年（昭和13年）兵庫県神崎郡神河町吉冨に生まれる。
兵庫県立福崎高校卒、関西学院大学商学部卒。
㈱帝国電機製作所（東証一部上場）の役員を退任後、
文筆活動を続けている。
著書 『雲流れ草笛ひびき馬駆ける』（2011年2月）㈱澪標
『目に青葉時の流れや川速し』（2012年7月）㈱澪標
『花筏乗って着いたよお伽の津』（2013年12月）㈱澪標
『へこたれず枯野を駆ける老いの馬』（2015年4月）㈱澪標
『蚯蚓鳴く今宵はやけに人恋し』（2017年6月）㈱澪標
『石語り人語り　石や岩の奇談をめぐって』（2018年12月）㈱澪標
現住所　〒659-0035 芦屋市海洋町12番1-418号

石を訪ねて三千里
二〇一九年十二月十日発行
著　者　落山泰彦
発行者　松村信人
発行所　澪標《みおつくし》
大阪市中央区内平野町二-三-十一-二〇三
TEL　〇六-六九四四-〇八六九
FAX　〇六-六九四四-〇六〇〇
振替　〇〇九七〇-三-七二五〇六
印刷製本　亜細亜印刷株式会社
DTP　山響堂 pro.